魔法のランプ

Tatsuhiko
ShibUSaWa

澁澤龍彦

P+D
BOOKS
小学館

目次

I

Ⅱ

I

錬金術夜話

錬金術とは何か

錬金術といえば一般に、鉛や錫のようないわゆる卑金属を高貴な金属、すなわち黄金に変成するための技術だと考えられている。科学が方法論を確立するまでの、いわば未熟な段階にあった擬科学のようなものだと考えられている。荒唐無稽な迷信にはちがいないが、近代のケミストリ（化学）にバトンタッチされるまでは、或る程度の役割を果たした時代おくれの理論だと考えられている。これが一般的な常識であろう。

しかし、この常識は間違っていると私はいいたい。生物の進化を図示した系統樹というものがあることを読者は御存じであろう。爬虫類《はちゆうるい》と鳥類とは同じ原始爬虫類から枝分れして進化したのであって、決して爬虫類が直線的に進化して鳥類になったのではないのである。同様に、錬金術もまた、近代化学の前身であったわけではなく、もともと同じ母胎から生まれはしたが、系統樹のように枝分れして発達したと考えたほうがよいだろう。

科学は一方では原爆を生み、他方では公害を発生させ、世界中をプラスチックのごみでいっぱいにしてしまった。科学の道徳的責任が問われている現在、意識の変革と魂の救済とをつねに中心的な課題にしていた往古の錬金術師たちの姿勢をここで検討してみるのも、まんざら無駄なことではないだろう。

たしかに、錬金術が卑金属を黄金に変成することを目的とする、一つの技術としての側面をもっていることは事実なのだ。そのために必要とされる「賢者の石」の製造が、錬金術の主要な目的だといってもよいくらいである。ただ、金属の変成が古来の錬金術の唯一の実践的な目標かというと、必ずしもそうではなかった。変成という言葉には、多くの意味があるのである。つまり、それは単に物質的な意味だけでなく、精神的な意味もあるわけだ。だからルーマニアの名高い宗教学者ミルチャ・エリアーデなどは、錬金術を観念体系（イデオロギー）と技術の二面に分けているほどである。この点こそ、錬金術が近代の化学とまるで違う点なのである。

万物を変成可能なものと見る錬金術の自然観は、それほど複雑なものではありえない。万物は同じ要素のさまざまな比率によって形成されているので、「賢者の石」のような一種の媒介物によって、この比率を修正すれば変成は可能となるわけだ。ただ、錬金術的な意味における硫黄とか水銀とかいった要素が、同じ名前の化学的な物質だなどと思ったら、とんでもない間違いだろう。これらは一種の原理であり象徴なのであって、物質の或る種の特性をあらわしている。すなわち硫黄は能動的特性（可燃性とか腐蝕力とか）を、水銀は受動的特性（輝きとか揮発性とか）をあらわしているのであって、これらを媒介し結びつけるのが塩なのである。この三つは錬金術の三原質と呼ばれる。

錬金術の自然観では、また鉱物も動物や植物のように、大地から生まれ成長するものと考えられているので、金属の種子というものが存在する。どんな鉱物でも、その成熟の最終段階では黄金になるのだ。錬金作業で用いられる小さな球形のフラスコを「哲学の卵」と呼ぶのは、これを子宮と類比しているからにほかならない。エリアーデが鉱物の胎生学と呼んだほど、錬金術には生殖過程あるいはエロティシズムとのアナロジーがきわめて多いのである。これも見逃すことのできない、錬金術の重要な特徴であろうと私は考えている。

さて、このあたりから大事な哲学的問題、私が前に述べた、変成ということの精神的な意味が問題になってくる。

もしもすべての金属が同じ要素から形成されているとすれば、どうして自然は黄金ばかりでなく、さまざまな卑金属をも生ぜしめるのであろうか。この疑問に対する錬金術師たちの答えは、次のごとくである。すなわち、金属の領域における自然の唯一の目的は黄金製造なのであって、しばしば卑金属が誕生するのは純然たる一つの偶発事、いわば自然の不注意にすぎない。だから錬金術師は自然の崇高な目的に協力して、卑金属の胎児を大地の子宮から取り出し、人工子宮(つまり「哲学の卵」)のなかに移して、これを完全に成熟した、高貴な金属にまで成長させてやらねばならぬ。そのために手を貸してやらねばならぬ。これが錬金術の目的である、と。

この錬金術の目的が、金属の変成に関するものであると同時に、また人間の変成をも暗に意味しているらしいことは、私たちにもただちに読みとれるだろう。人間の変成とは、精神的には奥義に達した人、すなわち道士になることであり、肉体的には不老不死になることである。ここで私たちは、ニーチェの説いた超人の理想を思い出してもよい。現在では堕落している人間もまた、いわば鉱物のように、最終段階では黄金にならねばならぬという思想である。

十七世紀イギリスの錬金術師ウィリアム・サルモンは、この点に関して次のように述べている。「鉱物を産み出す自然の意図は、鉛や鉄や銅や錫を作ることでもなければ、完成への第一段階である銀を作ることでもなく、もっぱら黄金を作ることである。なぜなら、この賢明な職人は、つねにその仕事を完成の最終段階に置こうとしているからで、失敗したり欠陥が生じたりしたとしても、それは自然の意図ではないからである。だから非難すべきは自然ではなくて、外部的な原因なのである。私たちは不完全な鉱物の誕生を、月足らずの子や畸形《きけい》のように見なすべきであろう」

錬金術の鍵ともいうべきはアナロジーであって、ここでも、鉱物の胎生学のアナロジーによって、じつは人間の完成ということを語っているのである。いや、自然の過程と人間の過程、大宇宙と小宇宙とは、錬金術の象徴言語においては、つねに二重写しになっているのだと考えたほうが真相に近いだろう。小さな「哲学の卵」のなかで行われている金属の変成は、だから、原初の時代の天地創造を小規模に実現しているのだ、ともいいうるわけである。

錬金術について具体的に語るに先立って、私はまず、必要ないくつかの基本的知識を明らかにしておいた。もう一度くり返すが、錬金術には物質的（技術的）な面と精神的（哲学的）な面とがあるのであって、一方を忘れたら片手落ちなのである。精神分析学者のユングが錬金作業の過程に、人類のいわゆる「集合的無意識」の反映を見出したのも、この精神的な面を抜きにしては考えられないことであったにちがいない。

錬金術師の仕事場

ちょっと想像力をはたらかせて、十六世紀あるいは十七世紀の錬金術師の仕事場をのぞいてみよう。この時代をとくに選んだのは、図版や文献がいちばん多く、私たちにとっての情報もいちばん豊富だと思うからである。

レンブラントの描いたファウスト博士の仕事場のように、机の上にごたごたと異様な器具がのっているのは画家の誇張だろうが、それでも錬金術師の机の上には、多かれ少なかれ、象形文字の書いてある羊皮紙だとか、人間の頭蓋骨だとか、書物だとか、不思議な液体のはいった広口瓶だとか、奇妙な形の器具だとかいったものが並べてあったにちがいない。

天井には動物の骨格が吊るしてあり、記号や象徴で埋めつくされた壁には、乾燥した薬用植物の束がぶらさがっていたであろう。そして錬金術師はガウンをまとい、毛皮の縁なし帽をかぶって、ガラスや錫の容器や乳鉢に取り囲まれて仕事をしている。——これがまあ、絵や版画によって知ることのできる、錬金術師の仕事部屋のごく普通の眺めだといってよい。

こうした仕事部屋、つまり実験室は多くの場合、家のいちばん奥とか、屋根裏とか、あるいは地下室とかに隠されていて、夜でも光が洩れないように工夫されていたらしい。この時代には、異端の学問に打ちこむことは、往々にして危険を招いたからである。

大きな炉の上には、蒸溜器やレトルトやフラスコや陶器の坩堝《るつぼ》がのっている。錬金術師はガラスのマスクで顔を保護して、ふいごで風を送る。ふいごをさかんに使うために、いかさま錬金術師は「風起こし屋」と呼ばれて馬鹿にされたものであった。

錬金術の炉をアタノールと呼ぶが、これはアラビア語のアル・タンヌルから来ている。蒸溜器はアランビクと呼ばれるが、これもアラビア語起源である。さらに錬金術の器具には、口の二つある蒸溜器ペリカンだとか、陶土の容器が二つ入れ子になっていて、その上に蓋のある昇華器アルーデルなどがあるが、このアルーデルも、アラビアからスペインを経由して伝わった言葉らしい。こうしてみると、少なくとも技術的伝統から見るかぎり、錬金術の祖国はアラブ世界にあったといえるかもしれない。

やがて「賢者の石」になるべき物質を、錬金術師は密封された容器にみたし、錬金炉つまりアタノールのなかに置いて熱するわけであるが、この容器が「哲学の卵」と呼ばれる長頸のフラスコであって、錬金術作業の過程でも、もっとも大事なものと考えられている器具である。「哲学の卵」は一般にガラス、水晶、陶土、銅、あるいは鉄で製せられる。ヘルメス学の文献では、「哲学の卵」という名前のほかに、しばしば球体、牢獄、墓、小瓶、雛の家、婚姻の間、子宮、母胎などといった象徴的な名前で呼ばれることがある。

錬金作業のなかで、いちばん重大な役割を演ずるのは、おそらく火であろう。炭や薪では、なかなか必要な熱度を保つわけにはいかないので、錬金術師たちは好んで、石綿を芯にした石油ランプを用いたようである。このランプを内部に置くアタノールも、だんだんと凝ったものが製作されるようになり、銃眼のある塔のような形をした、立派なものが現われるようになった。

錬金術師たちは、彼らの用いる火を三つの種類に分類していた。すなわち、その一は「湿った火」(一種の湯煎だと思えばよい)であり、その二は「超自然の火」あるいは「人工の火」(酸を加えて温度を高める方法だと思えばよい)であり、その三は「自然の火」である。これらの火を、錬金術師は厳密な方法に基づいて使い分けるのである。

錬金術師たちの仕事場にはまた、ちょうど今日の化学実験室におけるように、容器を置くための棚があって、そこにフラスコだとか蒸溜瓶だとか、いろいろな物質や薬品をつめた箱だとかいったものが並べてあったようである。

しかし今日の化学実験室と似ているようで明らかに違っていたのは、前にも述べたように、その壁が記号や象徴でびっしり埋めつくされていたり、机の上に古い羊皮紙の書物が置いてあったりした点であろう。錬金術師たちの用いる象徴的な言語は多くラテン語であるが、時にはヘブライ語であったり、ギリシア語であったり、アラビア語であったりする。これはそのまま、錬金術という一つの学問体系の諸説混淆的な性格を示していよう。今日の私たちには、その象徴的な言語を解読するのが容易ではないのである。

だから十六世紀や十七世紀の版画を眺めても、それが真の錬金術師の仕事場であるか、それとも単なる「黄金製造屋」あるいは「風起こし屋」と呼ばれたような、いかさま錬金術師の仕事場であるかを判定するのは、なかなかむずかしい。それでも、必ずしも判定が不可能というわけではない。一般的にいえることは、いかさま錬金術師の仕事場には、これ見よがしに各種の器具や容器がごたごたと並べられているのに対して、真の錬金術師（これを達人と呼ぶ）の仕事場には、道具の数が限られているということ（アタノール、「哲学の卵」、坩堝など）であろう。

一九三二年に死んだと推定されている、今世紀最大の錬金術師として知られるフルカネリの忠実な弟子に、ある医者が「あなたの仕事場を見せてもらえないだろうか」ときいたところ、彼はこう答えたという。

「見せてもいいが、たぶんあなたは失望すると思います。錬金術師の仕事場は化学実験室みたいなもので、フランケンシュタインの仕事場とは違いますからね」

ミュンヘンのドイツ博物館に、かつての錬金術師の仕事場を再現した部屋があるが、それを見ても、何だかヴェネツィアのガラス工場のようで、べつに神秘的なところは何もないような気がする。版画などに描かれているような、おどろおどろしい雰囲気を想像するとしたら、たしかに失望することは間違いあるまい。

むしろ注目すべきは、達人の仕事場には必ず祭壇が設けてあった、というような事実であろう。達人にとっては、礼拝堂と実験室とは結びついていたのである。祈りや苦行が、化学的な実験と一つのものになっていたのである。前にも述べたように、錬金術を単なる技術的な側面からのみ眺めるのが間違いであることは、このような点からも証明される。

もう一つ、おもしろいのは、とくに十七世紀の錬金術師の仕事場に、いろいろな種類の楽器が備えてあったという点であろう。たとえばパイプオルガンのような楽器である。おしなべて彼らは音楽にきわめて造詣が深くて、リズムやメロディーに独特の象徴的な意義を見出していたようである。十七世紀のもっとも名高い錬金術師ミハエル・マイエルの著『逃げるアタランテー』には、楽譜が挿入されている。モーツァルトに「フリーメーソンのための音楽」があるように、ヘルメス学と音楽との関係には、私たちの想像以上に深いものがあったようだ。

錬金術師の仕事場とは、ざっとこんなものである。さて、ここで何が行われたか。何が追求されたか。それを次に見てゆこう。

賢者の石について

金属変成という観念は非常に古くからあったが、これを実現すべき一種の媒介物として「賢者の石」という物質が云々されるようになったのは、それほど古くからのことではない。正確にいえば十三世紀以後のことである。

ここで思い出されるのは、あの叙事詩に歌われたヨーロッパ中世の聖杯伝説のことである。円卓の騎士が探求するのは、元来は聖体をおさめる容器であったはずなのだが、十三世紀の叙事詩人の作品では、神秘な力をもつ宝石とされるようになった。おそらく十字軍がイスラム世界と接触してから、石というものに対する観念が変ったのではないか、と思われる。少なくとも錬金術と聖杯伝説には、十三世紀を境とする一種の興味ぶかい並行関係が見られるのだ。

もっとも、「賢者の石」を実際に見たという証人があらわれるのは、それより二百年もおそく、十五世紀を俟《ま》たねばならなかった。いったい、この神秘な物質はどんな外観を呈していたのだろうか。当時の何人かの証人にきいてみよう。

もともと潜在的な黄金を意味しているのだから、「賢者の石」は黄金色あるいはオレンジ色をしていなければならないはずである。十四世紀のスペインの哲学者ラモン・ルルの書いた錬金術の書は、近年では偽書とされているが、そこでは「賢者の石」はラテン語でカルブンクルスと呼ばれていた。英語のカーボンの語源だから、これは「小さな炭」という意味であり、転じて「炭火のように赤く光っているもの」という意味になる。プリニウスの『博物誌』ではザクロ石をさしているらしいが、どうやらカルブンクルスは空想的な宝石でもあったようである。

要するに「賢者の石」つまりカルブンクルスは、ラモン・ルルの書では、炭火のように赤く光っている石だったのである。

ところが、いつも赤く光っているだけだと思ったら大間違いで、この「賢者の石」は、ラモン・ルルによると、しばしば色を変えるのである。

初めは黒いが、次に赤くなり、やがて黄色くなり、最後には真っ白になる。また場合によっては緑色になることもある。宇宙のあらゆる色がそこにふくまれているので、白の下には赤がかくれており、白と赤の中間には灰色があって、その灰色は「魚の目」のような輝きをおび、「周辺では凝固している」という。——これがラモン・ルルの「賢者の石」の色に関する意見だった。

アルベルトゥス・マグヌスの意見もまた、白い外見の下に赤がかくれているというものだった。いっぽう、パラケルススの意見は、どちらかといえば白色のほうに傾いていたようである。

十七世紀のころ、ピサの大学で物理学を教えていたフランス人のクロード・ギヨーム・ド・ベリガールという人物の意見では「賢者の石」は野生のヒナゲシのように赤くて、焼いた海塩のような匂いがする、ということだった。

やはり十七世紀の名高い化学者で、各種の酸を発見したことで知られるオランダ人のファン・ヘルモントは、自分は「賢者の石」を見たこともあるし、手で触れたこともあると語っている。彼によると、その色はサフラン粉のようで、ガラス片のように重く光っていたという。

変り種として、八世紀のアラビアの錬金術師ハーリッドの意見をもつけ加えておこう。「この石はそれ自体のなかにあらゆる色を集めている。それは白、赤、黄、空色、緑である」と彼は述べている。

「賢者の石」の大事な性質として、そのほかに知られていたことは、それが何よりも重く、熱を加えると煙も立てず、重さも容積も少しも失われず、すみやかに溶けるということだった。こういう石の存在を、錬金術師以外の当時の知識人ピコ・デラ・ミランドラも、フランシス・ベーコンも、スピノザも、ライプニッツも信じていたのである。

さらに大事なことは、「賢者の石」を使用するとき、必ず蠟《ろう》で包まなければならない、ということだった。うっかりこれを忘れると、実験は例外なしに失敗するといわれた。石といっても、粉末状をしている場合があったからであろう。

さて、この「賢者の石」を用いて、どのようにして黄金を製するのであろうか。

複雑な手続きをはぶいて、ごく簡単にいうならば、およそ以下のごとくである。すなわち卑金属、つまり普通の水銀だとか、鉛だとか、錫だとかを坩堝のなかでよく溶かしておいて、そのなかに、あらかじめ蠟にくるんでおいた一片の「賢者の石」を投じる。それだけでいいのである。

その結果、どのくらいの量の黄金が生ずるのであろうか。用いた「賢者の石」の何倍くらいの量が生ずるだろうか。

錬金術師によって意見はまちまちだが、たとえば燐《りん》の発見者で、ガラス技芸家としても知られる十七世紀末ドイツのクンケルは、用いた石の二倍の重さの金属しか黄金に変えることはできない、といっている。これは当時としては、非常に控えめな意見というべきだろう。もっとも、クンケルは何度も試みて失敗した末、ついに「賢者の石」の存在を否定するにいたった人物である、ということをおぼえておこう。

一六〇三年、フランクフルトの商人コッホの家で、セトンという錬金術師は、用いた石の千百五十五倍の重さの水銀を黄金に変えたといわれている。

また、前にも引用した化学者のファン・ヘルモントは、ある未知の人物から送られた石四分の一グレイン（約十三ミリグラム）を用いて、一六一八年、ヴィルヴォルドにある自分の実験室で、一万八千七百四十倍の重さの水銀を貴金属に変えたといわれている。

こうなってくると、話は途方もなく大きくなってきて、眉に唾をつけずにはいられなくなるだろう。しかし、これだけで驚いてはいけない。十三世紀の名高い錬金術師アルノー・ド・ヴィルヌーヴのごときは、次のように述べている。

「海の水がそっくり沸騰する水銀もしくは溶けた鉛だとして、この広大無辺の液体に少量の錬金薬をふりかければ、液体はたちまち黄金もしくは銀になるであろう」

しかし「賢者の石」は、必ずしも金属変成のためにのみ用いられたのではなかった。それは医薬としても効果があり、万病を治癒するといわれた。さらに中国の錬丹術における丹薬のように、不老長生の妙薬だともいわれた。「賢者の石」を別名エリキシル（万能薬）というのは、そのためである。なお、このエリキシルも、アラビア起源の言葉だということをつけ加えておこう。

このすばらしい力をもつとされた「賢者の石」を求めて、王侯貴族や商人や、あるいは学者や夢想家が、いかに苦心惨澹《さんたん》したかは、いろいろなエピソードによって現代に語り伝えられているから、私がここに語るまでもないであろう。伝説もたくさんあって、たとえば十五世紀のフランスの歴史に大きな役割を演じた、ブールジュの町の銀行家として知られるジャック・クールという人物などは、生きているうちから「賢者の石」を所有しているのではないか、と噂されていた。あんまり金持だったからである。

精神面と物質面

錬金術には物質的（技術的）な面と精神的（哲学的）な面とがあることを前に述べたが、この精神的な面にはあいまいな性格があるために、昔から、論者によっていろいろな象徴的解釈を試みられてきた。以下に、錬金術の象徴的解釈について、いくつかの例をあげてみよう。

たとえばアメリカ陸軍の退役士官であったE・A・ヒッチコックの意見では、錬金術とは、神秘的な恍惚状態に達するための諸段階を表現したものにほかならない。

また、ルネ・ゲノンやオスワルト・ヴィルトのようなフリーメーソン系の著者の意見では、精神的完成への道に人間を導き入れるためのイニシエーションの儀式である。

さらにC・G・ユングのような心理学者の意見によれば、錬金術とは、錬金術師たちの無意識の投影であって、その象徴的な理論は、無意識からの解放の特殊なプロセスを象徴的に記述したものにほかならないのである。

こうしたさまざまな解釈は、必ずしも互いに相容れないものではないが、ほとんどすべてに共通する大きな弱点は、否定しがたい歴史的な事実を無視しているという点だろう。錬金術には、錬金術特有の器具があったのであり、実験室があったのである。つまり物質的（技術的）な面があったのである。これを忘れて、形而上的な面だけを問題にするのはどうだろうか。

ただし、これらの意見が完全に間違っているとも私たちは言い切れないだろう。物質的な面と両立しながら、たしかに錬金術師たちの精神には、精神的な探求の姿勢ともいうべきものが見られたからだ。

E・A・ヒッチコックは一八五七年、『錬金術と錬金術師に関する考察』という本を出して、かなりの注目を集めた。この本のなかで、彼は錬金術の象徴が、いかに神秘的な体験の諸段階（死、復活、恍惚など）に、ぴったり対応するかということを説いているのである。ヒッチコックによれば、錬金術の唯一の対象は人間である。錬金術の達人が化学的な実験を行ったということを彼は否定し、すべての化学的な手順は、金属の純化のためではなくて、人間自身の純化のための象徴であった、と主張するのである。

この大胆な説は、しかしながら、ヤーコブ・ベーメのような神秘主義者を例にとると、うまく説明がつかない。ベーメは好んで錬金術の象徴を用いるが、彼の学説は錬金術的ではない。しかも彼の神秘的体験は、錬金術的な段階を追って到達したものではないのである。つまり彼の錬金術は、神秘的な体験のあとで、理論補強のために彼によって採り入れられたものにすぎないのだ。

ベーメは一六〇〇年、二十五歳のとき、「錫器に光のあたるのを見て、たちまち自然の最奥の場所に導き入れられた」という。これが彼の神秘的体験である。錬金術の研究なしに、彼は若くして神秘的体験に到達したのである。彼の哲学には、パラケルススの影響による錬金術の象徴理論が色濃く影を落しているが、彼自身はみずから言明する通り、錬金術の実験に手を染めたことは一度もなかったようである。

現代フランスの東洋学者として知られたルネ・ゲノンは、同時にあらゆる神秘学の大家でもあった。彼によれば、錬金術はイニシエーションの手段によって精神的な完成に達するための、テクニックの体系である。『キリスト教的秘伝に関する概観』という本のなかで、彼は次のように述べている。

「昔の錬金術師が物質的な面のみに関心をいだいていたと考えるのは間違いであろう。自分たちの学問がじつは精神的な性質のものであるということを、文字で表現するのを彼らは適当と思っていなかったにちがいないからである」

この文章に対して批判しているのは、現代の著名な錬金術師として知られたフルカネリの弟子のクロード・ディジェである。

「じつのところ、形而上的な原理の完全な知識をもたず、礼拝堂をもたない真の錬金術師はいない。しかしながら、自然や物質と日常的に接触せず、実験室で実験を行わない真の錬金術師もまた、ありえないのである」

この批判には、傾聴すべき部分があるように思われる。ゲーテやノヴァーリスのような文学者も、自然と親しむことによって、その汎神論的な哲学を完成させていったのである。錬金術師が自然と接触することを忘れたら、元も子も失ってしまうのではないか、という気が私にはする。

錬金術の象徴的な解釈のなかで、いちばん新しく、いちばん重要と思われるのは、名高いスイスの精神分析学者C・G・ユングのそれであろう。ユングは最近、日本でも翻訳がたくさん出るようになって、ひときわ注目を浴びている思想家である。ユングのおかげで、忘れられていた錬金術が見直されるようになった、という面もあるだろう。

一九四四年に出た大著『心理学と錬金術』は、著者が十年以上にわたって錬金術の古文献を収集し、忍耐強い研究の末に発表したところの成果であった。

ユングによれば、錬金術師たちは物質的な実験の成功ということには、ほとんど関心をいだいていなかったという。その理由はきわめて単純で、彼らは金属の変成の研究にふけりながら、じつは自分の無意識の心的内容の変化に、一つの具体的な表現をあたえていたにすぎなかったからである。

「私が言わんとしているのは」とユングが述べている。「錬金術の実験者たちは化学の実験を行っている間中、一種の心的体験をしていたということである。ただ、その心的体験は、本人には化学過程の特殊な状態としか見えなかった。それは投影であったから、その体験が物質そのものとは関係のないものであることに、本人はもちろん気づいていなかったのである。実験者はおのれの投影を物質の特性として体験した。しかし実際に彼が体験したのは彼の無意識だった」

ユングの解釈も、多くの批判を浴びたことは申すまでもあるまい。ユングは錬金術を、夢や幻覚や、あるいは芸術上の体験と同一視していると批判されたのである。まったくその通りであるが、このユングの無意識の投影という説には、否定しがたい魅力があることも事実であろう。

錬金術の象徴は、ユングによれば、人類の集合的無意識に属する元型なのである。だから東西を異にした仏教のマンダラのなかにも、同じような図形が現われるし、私たちの夢のなかにも現われる。空飛ぶ円盤も、時代の不安の救済シンボルとなる。二十世紀のシュルレアリストの画家の作品にも、よく似た図形が現われる。

しかし、このように錬金術も宗教も夢も芸術も一緒くたにした、無意識の投影という理論が万能の性質を帯びてくると、やはり何か、ちょっと眉唾物ではなかろうかという疑いが生じてくるのはやむをえまい。

ユングの元型理論は、物質界にも人間の心的内容が投影されているという、重大な指摘によって価値を有するが、それ以上に濫用すべきものではあるまい。

錬金術と化学

「錬金術は化学の母」といわれているが、これが原則的に正しくないことは前に述べた通りである。知識に対する考え方、物質に対する考え方が、両者のあいだでは完全に違っているからである。

錬金術師たちは、あらゆる自然現象のあいだには並行関係があると考えていた。すなわちマクロコスモス（大宇宙）とミクロコスモス（小宇宙）の関係のようなものである。それは最初から分っていて、疑問を差しはさむ余地はないのだ。だから、彼らは新しい物質の発見などには何ら意を用いず、ただ、あらゆる物質にひそんでいる潜在的エネルギーを、一つの目に見える形にして引き出そうと考えていた。すでに潜在的な形で存在しているものを、生長させ発展させ昇華させて、目に見える現実的な形のものにするわけである。

したがって錬金術は、化学というよりはむしろ植物学に近いのである。園芸学や農芸学に近いのである。錬金炉は、促成栽培のための温室みたいなものだと思えばよいかもしれない。

化学と明らかに違って、錬金術において物質はあくまで一つだった。ただ、物質の潜在的エネルギーが状況に応じて、さまざまな形をとるだけのことだった。金属変成とは、ただ物質の形相を変えることにすぎなかった。

このような錬金術の考え方が、近代の核物理学の発達とともに、ふたたび見直されるようになったとしても不思議はあるまい。たしかに両者は一見したところ、よく似ているように見えないことはない。原子炉のなかでは、ウランやプルトニウムの核分裂連鎖反応が行われて、原子エネルギーがとり出されるではないか。原子のレベルでは、たしかに物質は変換するではないか。

こう見てくれば、錬金術師たちが現代の理論物理学を予見していたのだと考えても、あながち間違いではないかもしれない。しかし、この点をあまり強調しすぎるのは正しくあるまい。錬金術と理論物理学とのあいだには、少なくとも直接の連続性はないからである。どんな理論でも、そのアーキタイプ（祖型）を過去に求めるのは容易なことであろう。原子論はデモクリトスの昔からあったのだ。

むしろ私がここで問題にしたいのは、この文章の冒頭に述べたような、錬金術と化学との曖昧な関係である。化学は錬金術の正統な娘ではなかったけれども、いかさま錬金術師をもふくめて、金属変成を夢みた多くの道士たちのでたらめな実験のなかから、数々の貴重な化学上の発見がもたらされたのは事実であった。いってみれば、化学は錬金術の私生児みたいなものだったのである。

科学史家のテイラーも述べているように、ルネサンス以前においては、錬金術師たちこそ、ほとんど唯一の実験室の職人だった。彼らは、物質の成分を分離したり結合したりする技術を発展させて、その結果、彼ら自身さえ予想もしていなかったような、いろいろな物質を発見することになったのである。むろん、なかには偶然の発見も多い。

たとえば、アラビアの錬金術界を一瞥してみよう。酸の大部分を発見したのは、アラビアの学者たちだった。アルコールの蒸溜は彼ら以前から知られてはいたが、その方法を完成させたのは、やはり彼らだった。

紀元一世紀のギリシアのディオスコリデスは錬金術師ではないが、すでに彼は石灰水、酢酸鉛、緑礬、その他さまざまな油の製法を発見していた。これに対してアラビアの錬金術師は、さらに王水、濃硫酸、酒精、硝酸銀、昇汞などを発見したのである。また彼らは、すでにビザンティン帝国で艦船を炎上させるための火薬として用いられていた、硝石の成分を正確に知っていた。

紀元七五〇年ごろ、ゲーベル（アラビア名はジャーヒル）は、結晶体の不純物を除去する方法を発見した。また彼は、金属のアマルガムをつくる方法を知っていたし、鶏冠石《けいかんせき》を焙焼して無水亜砒酸をつくったり、硝酸を遊離させたりすることができた。

それから約二百年後、ラゼス（アラビア名はアル・ラージー）は新しいアルコールの蒸溜法を発見している。彼以外にも多くの錬金術師が、あるいは酢酸を発見したり、あるいはエリクシルをヨーロッパに伝えたりしている。エリクシルというのは、最初は金属変成を可能ならしめる霊薬の名前であったが、のちには広くアルコールに溶かして作った薬の意味に用いられるようになった。

ヨーロッパに目を転じると、まず西欧における最初の錬金術研究家というべき、十三世紀の大学者アルベルトゥス・マグヌスが見つかる。彼は砒素を単体として遊離させることに成功している。

炭酸アンモニウムを発見したのは、十四世紀のラモン・ルルだといわれている。彼はまた一二七〇年ごろ、硝石から硝酸をつくり出すことに成功したともいわれている。

同じく十四世紀のアルノー・ド・ヴィルヌーヴが塩酸および硫酸を発見したというのは、あまり当てにならないが、少なくとも彼がテレビン油を水蒸気蒸溜で製したというのは、たぶん本当であろう。

十六世紀になると、最大の錬金術師ともいうべきパラケルススが登場する。伝説では、彼は阿片の発見者ということになっているが、じつは阿片は彼よりずっと前に発見されている。むしろ彼は亜鉛に注目した人物、そして水銀を初めて医療に用いた人物として記憶されるべきだろう。

アンチモンを発見した同時代のバジリウス・ヴァレンティヌスは、同時にまた蒸溜法の改良者としても、塩酸の父としても知られている。

十六世紀の終わりごろ、リバヴィウスは酢酸鉛、塩化第二錫、樟脳酸《しようのう》（樟脳に硝酸を作用させる）などを発見し、また初めて硫酸アンモニウムについて発言した。

十七世紀になると、すでに錬金術師というよりは化学者と呼ばれるにふさわしい人物が登場してくる。ドイツのグラウバーなどは、そのなかでも最大の人物だろう。錬金術の実験室から出て、グラウバーは化学工場の基礎をつくった。彼は、それまで漠然と知られているにすぎなかった塩酸を、初めて製したことによって知られている。

また海塩あるいは硝石に硫酸を作用させて、硝酸を製することにも成功した。また硫酸ナトリウム（グラウバー塩と呼ばれる）を発見したり、金属の酸化物に酸を作用させて、塩化物を製したりもした。アンチモン・バターや亜鉛バターの組成を明らかにしたのも、彼である。

ざっと目ぼしい化学上の発見を拾ってみたが、もちろん、このリストはまだ続けようと思えば、いくらでも続けることができる。錬金術と化学とが曖昧に混在していた時代には、化学者のなかにも、ずいぶんあやしげな人物がいたはずである。それはちょうど、ニュートンやケプラーが占星術を信じていたのと同様であろう。

ただ注意しておくべきは、錬金術の歴史と化学の歴史とは、かように曖昧に混り合ってはいるものの、その根は明らかに違うということだろう。おそらく錬金術の実験室のなかから、アナロジーを武器とする錬金術の方法とはまったく違った、新しい化学の方法が芽ばえ、徐々に大きく育っていったのである。そして、やがて化学が大木になるとともに、錬金術はそのかげに隠蔽されてしまったのだ。

中世社会における錬金術師

中世の社会で、錬金術師はいかにして生きていたか。いかなる社会的な階層あるいは集団に帰属していたか。このことを以下に述べてみたいと思う。

印刷術がまだ発明されていなかった中世においては、学問や知識のコミュニケーションはすべて手写本《しゆしやほん》に頼っていた。しかし、いかに貴重な手写本を手に入れたとしても、いかに金をかけて仕事場を完備させたとしても、それだけでは錬金術の実験を成功にみちびくことは不可能だったにちがいない。錬金術ばかりでなく、あらゆる学問や知識がそうだったように、中世においては、およそ技術を体得するためには、秘伝を伝える師匠の存在が絶対に必要だったからである。つまり、しかるべき師匠のもとに弟子入りしなければならなかったのである。十四、十五世紀ごろのパリには、名高い錬金術師たちの集会所が二つあった。一つは、スペインのコンポステラへ巡礼に行くための出発点である、サン・ジャック・ラ・ブーシュリ教会の正面玄関である。もう一つは、ノートルダム大聖堂の正面玄関である。フランス国内ばかりでなく、外国からも錬金術師たちがここに集まってきて、仲間たちとの接触を求めたり、いろいろな情報を交換したりするのだった。

ちなみに、このサン・ジャック・ラ・ブーシュリ教会というのは、十四世紀の伝説的な錬金術師として知られるニコラ・フラメルが、その近くに住んでいた場所とされている。彼の名前と切っても切れない関係にある、いわば錬金術師たちのメッカのような場所だと思えばよいだろう。

時とすると、中世の錬金術師たちはグループをなして、協同作業をすることもあったようだ。もっともよく知られた例は、十五世紀に北仏のフレールの城で行われた、三人の達人たちによる協同作業の例であろう。三人の名前はそれぞれニコラ・ヴァロワ、ニコラ・グロパルミ、ピエール・ヴィコ（あるいはヴィトコック）という。彼らが書いた錬金術の理論書は、ごく最近（一九七五年）になって、パリの書店から初めて刊行されている。それまでは手写本の形で、十八世紀の末にいたるまで何度もコピーされて、ひとびとの手から手へと伝えられていたのである。フレールの城には、彼らが使ったアタノール（錬金炉）が今日まだ残っているともいう。同じような錬金術師たちの組織あるいはグループは、ナポリにもあったし、ロンドンにもあったらしい。

十五世紀のイギリスの達人ジョージ・リプリー卿は『十二の門』という本の著者として知られるが、彼が語っているところによると、ロンドンのウェストミンスター僧院の教会で、イギリスの錬金術師たちの集会が行われていたという。

教会が異端の学問の集会所として使われるというのは、ちょっと考えるとおかしいような気がするけれども、当時においては、そのへんの区別は必ずしもはっきりしていなかったようである。教皇ヨハネス二十二世が錬金術禁止令を布告したのは十四世紀初めのことであるが、教皇自身がヴァティカン内に秘密の実験室をもうけて、ひそかに錬金術を研究しているというような噂は、その後も長く消えなかったし、ユゴーの『ノートルダム・ド・パリ』のフロロ神父のように、聖職者の身でありながら、錬金術の実験にふける者も少なくなかったようである。

それに教会は、中世においては何よりも、集会場としての機能をはたしていたのだった。むろん、当時は文化会館だとか劇場だとかいったような公共施設はなかったからである。かりに錬金術師がもぐりこんだとしても、見とがめられるような恐れはまったくなかったのである。

中世には、字の読めない者が非常に多かったはずだから、おそらく無学文盲の錬金術師も大ぜい存在していたにちがいない、と推理しているのはセルジュ・ユタンである。錬金術師だからといって、必ずしもインテリとは限らないのである。文盲であるから理論書は読めないが、彼らは習練と経験によって、実験の手順をすみずみまで知っていた。こういう経験ゆたかな錬金術師が、諸国を放浪しながら、各地で仕事にありついていた。それはちょうど、いろんな職種の職人が旅をしながら、技術をみがいていたのと同様であったろうと思われる。この放浪の錬金術師のなかで、もっとも偉大な人物は申すまでもなく十六世紀ドイツのパラケルススである。

こう見てくると、中世の社会を構成する三つの階級、すなわち聖職者階級にも、貴族階級にも、あるいは庶民階級にも、私たちはひとしく錬金術師を発見することができるのだ。どうやら彼らは、中世社会のあらゆる階層に分布していたということになるであろう。

聖職者のなかにも錬金術師がいたということを前に述べたが、ひろく知られた伝説によれば、ヨーロッパにおける最初の偉大な錬金術師は、十世紀のオーリヤック生まれの修道僧ジェルベール、すなわち、のちのローマ法王シルヴェステル二世なのである。この伝説の真偽については何ともいえないが、少なくともシルヴェステル二世が当時にあって、もっともすぐれた頭脳の人物であったということだけはたしかであろう。

聖職者といっても、世俗生活をしている僧侶よりも、むしろ修道院で暮らしている修道士のほうに、錬金術の研究に打ちこむ者が多かったのは当然であった。修道院は閉ざされた環境で、いわば中世社会のなかの別世界を形づくっていたからである。『ロメオとジュリエット』に出てくるロレンス神父などというのは、何となく錬金術師めいた感じのする人物ではないだろうか。
大貴族や王侯のなかにも、すすんで錬金術の研究に没頭したり、あるいは錬金術師のパトロンになったりする者がいた。十五世紀フランスのシャルル五世やベリー公などは、その代表的な人物と見ることができる。

一四六八年、イギリス王ヘンリー六世は錬金術師リチャード・カーターに正式の免許状をあたえて、ウォストック城の城中に実験室を設備することを許可している。一四七六年には、錬金術師のグループに四年間の特権をあたえて、自然哲学（要するに錬金術のことである）を研究し、水銀を黄金に変えるための実験を行うことを許している。

しかし錬金術を愛好した中世の君主たちのなかでも、もっとも特異な存在として忘れてならないのは、ホーヘンシュタウフェン家の皇帝フリードリヒ二世であろう。彼の豪奢なパレルモの宮廷には、多くの芸術家や詩人や哲学者が集まったが、スコットランド生まれの錬金術師ミカエル・スコットも、フリードリヒ二世の側近のひとりだった。スコットは長くスペインのトレード（当時のアラビア科学の中心地だった）に滞在してから、ローマ法王の側近になり、やがてシチリアにやってきて、皇帝の宮廷に出入りするようになったという経歴の男である。

こうして十三世紀のシチリアは、スペインのカスティラ王国とともに、アラビア文化がヨーロッパに流れこむ一つの窓口となった。錬金術を好んだフリードリヒ二世の自由な宮廷は、そのために大きな貢献をなしたのである。

錬金術と造形美術

過去の歴史を解明するのに、造形美術はきわめて有効な手がかりをあたえてくれる。とくに宗教儀礼や秘密結社などといった、歴史の表面に公然と現われていない現象を解明するのに、湮滅《いんめつ》をまぬがれて私たちの手に残された造形美術は、欠くことのできない証拠物件であろう。錬金術の場合も、その点では同様だ。目に見える形で残されているのだから、疑うわけにはいかないのである。

私たちが今日、錬金術の研究書を眺めると、精巧な色刷の挿絵が何枚もはいっていて、その美しさに感嘆久しくすることがある。これらは多くの場合、中世末期から近世へかけての錬金術師たちが、みずから筆をとって描いた手写本の複製なのである。ヨーロッパの大都市の美術館や図書館、たとえばパリの国立図書館とか、ロンドンの大英博物館とか、ローマのヴァティカン図書館とかには、こうした手写本がたくさん収蔵されている。

それらの手写本に描かれた絵は、私たち門外漢が見ると謎のように見えるが、だからといって、錬金術師たちの誠実を疑う必要はあるまい。門外漢には謎のようにしか見えない絵でも、彼らにとっては意味があったのである。密教の曼荼羅《まんだら》だって、その象徴的な意味を解さないひとには、単なる幾何学模様のようにしか見えないではないか。

十四世紀以前までは、それらの手写本に描かれた絵も、ごく簡単なデッサン程度のものが多かった。レトルトや坩堝のような、錬金術の道具もよく描かれた。唯一のモティーフとしては、尾を嚙んで輪になったドラゴン（ウロボロスと呼ばれる）とか蛇とかいった、あまり複雑でない象徴が選ばれた。

しかし十四世紀から十五世紀になると、かなり複雑な細密画が現われるようになる。色もぐっと美しくなって、しばしば息をのむような魅力的な絵になる。錬金術師の仕事場の情景もよく描かれたが、象徴的な絵としては、二つの原理の闘争の図とか、男女両性を具備した人間の図とか、「哲学の卵」の内部の物質的変化をあらわした図とかいったものが目立ってくるようになる。

一例を示そう。たとえばチューリヒ中央図書館に所蔵された、『アウロラ・コンスルゲンス』（昇る曙光）という十四世紀末の手写本がある。そのなかの色刷の挿絵に、裸体の男と女がシャム双生児のように接合した、両性具有者（アンドロギュヌス）の図がある。これは東洋思想でもしばしば見られるような、対立物の統一をあらわした宇宙的原理の象徴なのである。

図をよく見ると、両性具有者のうしろには鷲がいるが、これは飛翔する物質のシンボルで、錬金術の作業のなかで起る固体の気化を意味している。また両性具有者の足の下には鳥の死骸が山になっているが、これは逆に気体の固体化を意味しているだろう。

ルネサンスを迎えると、この美しい錬金術の彩色挿絵芸術は、いよいよその絶頂期に達する。そしてさらに印刷術の発明とともに、銅版画の挿絵入りの活字印刷本がぞくぞく生産されて、錬金術の文献はおびただしい量になるのである。

これらの書物はすべて、その道の専門家のために書かれたものであり、素人の手に渡ることは滅多になかったものであるが、錬金術の造形美術のなかには、もう一つ、一般庶民にも容易に眺めることのできるものがあった。それは何かというと、中世のキリスト教の大聖堂である。キリスト教の大聖堂が、どうして錬金術と関係があるのか、不審の念をいだく読者もいることであろう。しかしゴシックの大伽藍《だいがらん》のなかには、研究家の意見によると、錬金術の秘密がいっぱいひそんでいるのだ。ステンドグラスや石造彫刻のモティーフのなかには、無名の芸術家の手によってこっそりと配置された、錬金術と関係のあるシンボリックな表現が、いろいろ発見されるのである。

これは伝説だが、たとえば有名なシャルトルの大伽藍などでも、ステンドグラスに小さな孔があいていて、夏至の日に太陽の光がそこから差しこむと、その光が床の敷石の上に当たる。その光の当たった場所に、「賢者の石」が隠されているという言い伝えがあり、今でもそれを信じているひとがいるそうである。夏至というのは一年のうちで太陽がいちばん高く、光がいちばん多量になる日だから、いろいろな信仰がこれに結びついているのは周知であろう。

そうかと思うと、ある種のステンドグラスの赤い色は、近代のガラス職人には絶対に出せないような色だという説もある。これはおそらく、塩化金溶液から製するカシウス紫金という染料に関係があるだろう。この染料に金がふくまれているので、錬金術の作業と関係があるかのごとくに想像されたのである。

いずれにしても、ゴシックの寺院を建造した石工や建築技師の同業組合と、錬金術師たちとが何らかの接触を有していたことは疑い得ないところで、その証拠ともいうべきものが、たとえばパリのノートルダム寺院の石造彫刻にも見られるという。この説を強く主張しているのは、今世紀の謎のヘルメス学者として知られるフルカネリである。フルカネリの説では、あの美しいゴシック寺院の薔薇窓も、錬金術の車輪のシンボル、あるいは火のシンボルだという。

ここで私は、いちいちノートルダム寺院の彫刻に見られる錬金術的シンボルの表現について、詳述することは避けたいと思う。それよりもむしろ、フルカネリが「賢者の邸宅」と呼んでいる奇妙な建造物について、簡単に説明しておくことにしたい。

十五世紀になると、ようやくヨーロッパにも、今日の私たちが資本家と呼んでいるような、手広く事業を経営したり金融業をやったりする富裕な人物が現われる。この資本家のなかに、錬金術師のパトロンとして知られる何人かの人物がおり、彼らの残した豪壮な邸宅が、いわゆる「賢者の邸宅」なのである。賢者の邸宅には、錬金術の象徴とおぼしい彫刻の装飾がいくつもあって、彼らが明らかに錬金術に血道をあげていたらしいことが推測されるのだ。

これらの邸宅のなかでもいちばん有名なものは、フランスのブールジュの銀行家ジャック・

クールの造営した大邸宅であろう。彼はフランス王シャルル七世のお抱えの銀行家であり、しかも大蔵大臣であって、香料から武器にいたるまで、多くの商品の一手販売権をもち、みるみるヨーロッパ随一の大資本家にのしあがった男であった。貿易や鉱山業にも手をひろげ、ヨーロッパや東洋のあらゆる港に支店をもっていたというから、たいへんな威勢というべきだろう。ブールジュのジャック・クール館は今でも残っており、そのゴシック芸術の粋をあつめた建築の美しさは、驚嘆の的になっている。おもしろいのは、この邸宅のいたるところに、ハート形と帆立貝の貝殻の装飾が刻まれていることであろう。クールという名前は心臓の意味だったので、彼はハート形を自分の紋章としたのである。帆立貝は聖ヤコブの貝殻と呼ばれ、スペインの聖地コンポステラへ通う巡礼者たちの象徴だった。

もっとも、フルカネリの説によれば、この帆立貝は錬金術師のシンボルだという。そうだとすれば、まさに賢者の邸宅にふさわしいだろう。

〔1979（昭和54）年2月〜1980（昭和55）年2月「鐵」初出〕

宝石変身譚

ユイスマンスの『大伽藍』は、つとに日本でも出口裕弘氏による名訳が行われているが、なにぶん大著であるために、割愛されている部分が半分以上もあるのは残念なことである。その邦訳で割愛された部分、すなわち第七章の終り近くに、登場人物であるデュルタルとプロン神父とのあいだで交わされる、宝石に関する問答があるから次に引用しておきたい。最初はデュルタルの発言である。

「宝石の象徴理論に関する話はこれで打切りにしますが、最後にもう一つ述べるとすれば、一連の宝石は天使の各階級を記念するためにも役立っています。もっとも、その解釈にはいくらか牽強付会《けんきょうふかい》なところがあって、あまり根拠のない、いい加減な連想から生じた面もあるようです。それでも紅玉髄《サルド》がセラフィムを、黄玉《トパーズ》がケルビムを、碧玉《ジャスプ》が座天使を、橄欖石《クリソリット》が主天使を、青玉《サファイヤ》が力天使を、縞瑪瑙《オニックス》が能天使を、緑柱石《ベリル》が権天使を、紅玉《ルビー》が大天使を、そして翠玉《エメラルド》が天使をあらわしていることは事実です」

これに対してプロン神父が答える。

「ふしぎなことに、動物や色や花は、象徴理論家によって良い意味に解釈されたり悪い意味に解釈されたりするのですが、宝石には、そういう差異がまったくありません。宝石はつねに美質をあらわし、決して欠点をあらわさないのです」

「なぜでしょうか」とデュルタル。

「おそらく聖女ヒルデガルトがその理由を説明してくれるでしょう。その著『自然学』の第四の書で、彼女は宝石について語りながら、悪魔は宝石を嫌悪し侮蔑すると述べています。その理由は、悪魔が宝石の輝きを見て、堕落以前の自分たちの体内にも、同じ輝きがあったことを思い出すからであり、また宝石のなかの或るものが、悪魔を苦しめる火によって生じたものでもあるからです」

ここに見られる考え方は、単にキリスト教の自然観というだけでなく、バビロニア以来の古くからの自然観のなかに認められたところの、宝石と天上界とを結びつける考え方であろう。すなわち、宝石は天体の光の凝固したものにほかならず、宝石のなかには、永久に効力を失わない天体の力が封じこめられているというのだ。あたかも貯蔵瓶のように、宝石のなかには神秘な天体の力が貯えられているので、この力を患者に注げば、どんな病気でも容易に治癒せしめることができる。このように宝石は古来、護符として大事にされた。

ユイスマンスの文章にもあったビンゲンの聖女ヒルデガルトによると、ダイヤモンドを口中にふくんでいれば、人間は嘘をつくという悪徳から免れられるという。プロン神父がいうように、宝石は「つねに美質をあらわし、決して欠点をあらわさない」のである。

プリニウスが『博物誌』全三十七巻のなかで、宝石を扱った部を最終巻に置いたのも、彼自身の言によれば、「自然の崇高さがそこに集中的に表現されていて、いかなる領域においても、これほど感嘆すべきものは見られない」からだった。第三十七巻「宝石の部」の冒頭に、プリニウスはちゃんとそう書いているのだ。

私自身もまた、必ずしも宝石とはかぎらず、石一般を愛することにかけては人後に落ちないつもりだが、なぜ石が好きなのかと質問されたとすれば、たぶん次のように答えるしかないだろう。すなわち、石の魅力の第一は硬さである、と。それは結晶といってもよいであろう。宝石の場合には、これに透明性と光輝の魅力が付加されるから、さらに好ましいものとなる。色彩などは、少なくとも私にとっては第二義的なものだ。このあたりの心理学については、ガストン・バシュラールが『大地と意志の夢想』のなかで、多くの例をひきつつ存分に論じているから、ここで私が舌たらずな筆を弄する必要もあるまい。

結晶、透明、光輝、――こう並べてみると、デュルタルがいみじくも指摘しているように、私たちはどうしても天使の属性を思い出さないわけにはいかなくなるだろう。セラフィムの翼は赤いから紅玉髄、ケルビムの翼は青いからトパーズ（黄玉といわれるが、青い種類のものも多い）なのであろう。宝石はいかにも天使に似つかわしいのである。

ヨーロッパ中世の石譜の作者のことや、日本の江戸期の木内石亭のことなどを、すでに私は何度となくエッセーのなかに書いてきたように思うから、ここではちょっと目先を変えて、フランス十六世紀のプレイヤッド詩人レミ・ベローのことを語ろう。ロンサールによって「自然の描き手」という称号を贈られたベローには、昆虫や小動物を歌った『小さな創造物』という詩集もある。愛すべきバロック時代のミニアチュリストとして、紋章詩《ブラゾン》作者のモーリス・セーヴとともに、とりわけ私の気に入っている詩人がレミ・ベローなのである。

さて、ベローの宝石を歌った詩集は『宝石の愛と新たな変身』である。死後に追加された補遺をふくめると、全部で三十一篇の詩から構成されている。そのなかで歌われる宝石には、紫水晶《アメティスト》、ダイヤモンド、磁石（あるいは天然磁石）、真珠、風信子石《ヒヤシンス》と橄欖石、ルビー、虹石《イリス》と蛋白石《オパール》、珊瑚《さんご》、オニックス、エメラルド、サファイイヤ、トルコ玉、瑪瑙、碧玉、水晶、紅玉髄、鷲石、鶏石、燕石、石榴《ざくろ》石、カルケドニウス、血玉髄《ヘリオトロープ》、月長石、石綿、緑柱石、水性石、黒玉炭、紅縞瑪瑙《サルドニックス》、青金石、血石、乳石などがある。なかには空想上の石もあるし、現在の鉱物学の見地から見て、なにを指すのか判然としないような石もある。

オウィディウスの『変身譜』のように、神話の神々やニムフが恋をして、宝石に変身せしめられたというような話が中心となっている。オウィディウスが植物変身譚だとすれば、ベローの詩篇は宝石変身譚ということになろう。『宝石の愛と新たな変身』という詩集の題名は、ここに由来する。いわば宝石が擬人化されているのだと思えばよいかもしれない。

三十一篇の詩のなかで、とくにベローの才気と創意が見られておもしろいのは、私の考えるのに、第九番目の縞瑪瑙《オニックス》の詩であろうか。

ウェヌスが花ざかりの銀梅花《ミルト》の木かげで昼寝をしているとき、その息子のアモルがこっそり近づいて、彼女の美しい爪、鏡のように磨き立てられて、顔の映るほど美しい爪を、鋭利な矢で切りとってしまう。ウェヌスは目をさまして、いたずらな息子の仕業に気がつくが、もう遅い。いっぽう、アモルはまるで宝物を手に入れたように、有頂天になって空を飛んでいるうちに、その大事な女神の爪の切れっぱしを、ついうっかりしてインドの砂漠の上に落してしまう。

次に詩を引用してみよう。

天上の物質は決して消滅してしまうことがないから、
このウェヌスの爪の切り屑も、下界に落ちるやいなや、
(神々の意志により)しまり屋のパルカエたちに
拾われて、たちまち石に化せしめられた。
されば、この石は今もって、黄金よりもさらに貴重な
「キュプリスの爪」という名で呼ばれている。
石と化した爪には、鮮紅色に白の混った縞目があり、
また灰色の縞目があり、また黒味を帯びたものもあり、
さらにまた、比類のない肉色をしたものもある。

肌色ならばサルドニックスと呼ばれ、
角色あるいは蜜色ならばカルケドニウスと呼ばれる。

そもそもギリシア語で、オニックスというのは爪のことなのである。それはおそらく、縞瑪瑙の色が爪の色に似ているように見えたためであろう。プリニウスも『博物誌』（第三十七巻第六章）で、この石の「白さは人間の爪の色に似ている」と書いている。ベローには、こういう古典の知識があったので、それでウェヌスの爪が砂漠に落ちて縞瑪瑙になった、などというお話を頭のなかで考え出したのにちがいない。オウィディウスも考えおよばなかったような、奇抜なアイディアというべきではあるまいか。

ベローの宝石変身譚には、このほかにも秀逸なものが何篇かある。たとえば、ヘリオトロープは超能力をもつ美しい魔女だったが、その力を濫用したために石に変えられてしまった。それが血玉髄である。真珠は、曙《あけぼの》の女神アウローラの涙が化した石である。珊瑚は、ニムフの接吻で赤く染まった、石になった草である。碧玉は、幼児神アモルの流した血が凝固したものである。ｅｔｃ．

或る種のバロック詩人に特有な、ミニアチュリスト的想像力を大いに駆使して、ベローは古代の変身譚に見られるような、人間と自然との親近の感情を歌ったといえるかもしれない。そしてその際、彼が対象として採りあげたのが、昆虫や小動物とともに、これらの宝石だったということには意味深いものがあろう。

〔1980（昭和55）年9月「·is」初出〕

処女生殖について

むかし、木々高太郎の『わが女学生時代の罪』という推理小説を読んだとき、私は、そのなかに出てくる若い女主人公が、女学生時代のレスビアニスムの体験によって、処女でありながら妊娠してしまったということになっているらしいのを知って、そんな馬鹿なことがありうるだろうか、と首をひねったものである。らしい、と私がいうのは、例によって例のごとく、木々高太郎がはっきりと書いていないからである。彼が書いているのは、せいぜい次のことぐらいだ。すなわち、「私（女主人公）の妊娠したのは、言うまでもなく物質的の形のあるものからであること、それは、恐らくは里美子さん（同性愛の相手）を通して、私に入ってきてしまったのだということです。」「里美子さんは、私とともに肉体的の愛撫を拒まない生活をしていながら、当時すでに富田銀二さん（里美子の男の恋人）と肉体の交渉をもっていたことを、その当時は少しも考える力はなかったのですが、私が妊娠したのは、その唯一の証拠であったではありませんか。」

こんなふうに曖昧な、一種の闕語法《レテイサンス》を好んで使うのが木々高太郎のやり方で、知的だなどといわれながら、彼の小説がいつも物足りない後味を読後の私たちに残すのも、もっぱら、この闕語法のためなのである。しかし、さしあたって、そのことはどうでもよい。この曖昧な女二人と男一人の関係を、作者にかわって、私がもっと具体的に説明するとすれば次のようになるであろう。すなわち、女Aと女Bとは同性愛の関係にある。たまたま女Aが男Cと肉体関係をむすぶ。そこで、男Cの精虫が、女Aの膣を経由して、女Bの膣へ運ばれてしまった、というわけである。女Bは男Cと接触することなく、女Aの媒介によって、その子宮内に男Cの精虫を迎え入れてしまった、というわけである。精虫が活潑な運動をするのは射出後何時間以内とかぎられるだろうから、少なくとも女Aは、男Cと関係してから、それほど時間を置かずに女Bと愛撫を交わす必要があろう。そうでなければ、いかにトリバディスムのあの手この手を用いたとしても、女Bの妊娠という事態は考えられまい。

なぜ私がこんな馬鹿げたことを話題にするのかといえば、ごく最近、私が目を通した医学の歴史の本に、これとそっくり同じ例が報告されているのに気がついたからである。顕微鏡を用いて最初に人間の精虫を観察した、十七世紀のオランダのハルトスーカーが、テサロニキの二人の女同性愛者について記述している。ひとりは有夫の婦人、もうひとりは未亡人であったが、前者が後者を妊娠させてしまったというのだ。ほかにも例はあるようである。もしかしたら、外国語のよくできる勉強家であった木々高太郎は、これらの文献に目を通して、その小説のアイディアをつかんだのではあるまいか、と私は思ったものである。いや、きっとそうにちがいあるまい。

Parthénogénèseという言葉がある。ギリシア語でパルテノスは処女、ゲネシスは生殖を意味するから、処女生殖ということになる。この言葉が私にとってすこぶる魅力的にひびくのは、おそらく、それが互いに相反する性質を示す二つの概念を、強引に一つに結びつけたところの言葉だからにほかなるまい。たとえば乞食の王とか、輝ける闇とかいった言葉に、それはいくらか似ているといえばいえるであろう。パルテノスはそもそも不毛でなければならないのに、豊饒であるべきゲネシスと強引に結合せしめられる。そこでパルテノジェネーズは奇妙な効果を発揮する。いってみれば、それにふさわしからざる原因から、一つの結果が生ずるという驚くべき効果であろう。コインシデンティア・オッポジトルム、すなわち「相反するものの一致」といってもよいかもしれない。

私のひそかに思うのに、木々高太郎はとびきりのロマンティストであったから、この処女生殖という観念に、いいようのない魅惑をおぼえていたのではあるまいか。しかしまた、彼は生理学専攻の唯物論者でもあったから、このみずからの憧憬の観念をたたきつぶし、化けの皮を引きはいでやりたいという、矛盾した欲求にも憑かれていたのであろう。『わが女学生時代の罪』は、この彼の共存する反対感情の、不手際な表白のように私には見えるのである。

マリアの処女懐胎を思い出すまでもなく、処女生殖がいかに人類の根強い願望の一つであるかということを知るためには、ちょうど顕微鏡で精虫や卵子の初めて発見された時代における、すなわち十七世紀の後半における、幾人かの生理学者たちの意見を眺めてみれば十分であろう。処女生殖という観念は、必ずしも肉体を汚れたものと考えるキリスト教思想からのみ導き出されたものとは、とても私には思えないのである。むしろ私には、「相反するものの一致」を夢みた、古代以来の生理学上のマニエリストたちによって追求されてきた観念のような気がしてならないのである。

一六三七年一月十三日、姦通罪で起訴されていたマドレーヌ・ドートモン・デグメールという女に対して、グルノーブルの裁判所は無罪を言い渡したそうである。四年間も夫と離れていたのに、彼女は男の子を生んでしまったのである。彼女の供述によると、夢のなかに夫が出てきて、まるで現実と変らない愛撫を加えたので、たしかに自分でも妊娠したという感覚を味わったという。裁判所は、このデグメールの供述を全面的に信用したらしい。聖トマスがいっているように、原罪以前の無垢の状態においては、人間は精神力だけで子供をつくることができる、という原則を彼女の場合に適用したのにちがいなかった。十七世紀の裁判官といえば、妖術裁判で魔女たちを片っぱしから焼き殺す、おそろしい裁判官のイメージしか私たちには思い浮かばないが、なかには、こんなロマンティックな裁判官もいたらしいのである。

もっとも、モンペリエ大学の医者たちの意見は、裁判所のそれとは違って、もっと科学的なものだったという。科学的といっても、なにを基準として科学的というのか、以下の文章を読んだひとは、頭がこんぐらかってしまうかもしれないけれども。

「おそらくデグメール夫人の夢みた夜は夏の夜で、部屋の窓は開け放され、彼女のベッドは西に向いていたはずである。彼女の寝具はみだれていたであろう。そこへ西風が吹いてきて、虫のような人間の有機体の分子や、空気中をただよう小さな人間の胎児を、彼女の体内に送りこみ、彼女を受胎させたのである。」

植物が種子によって繁殖するように、動物も一種の種子のような分子を拡散させて、雌を受胎させるという考え方があり、これをパンスペルミスム（汎精子説）と称する。おそらく、生殖に関する世界でいちばん古い考え方だろうが、モンペリエ大学の医者たちも、明らかにこれを踏襲しているのである。空気中にも水中にも、雌を受胎させる虫のような「有機体の分子」が浮遊しているのであり、これが食道や気管を通って女の体内に入り、生殖器官にまで達する。右の文章にはゼピュロスすなわち西風という言葉が出てくるが、とくに西風が、この有機体の分子を運ぶものと考えられたようである。いわば人間を風媒花のように見なしているわけであろう。

西風が女を孕ませるという説は、ウェルギリウスの『農耕詩』をはじめとして、すでにギリシア・ラテンの文献にもしばしば出てくるので、御存じの方も多いであろう。いや、ギリシア・ラテンの世界ばかりでなく、日本の中世の女護ヶ島の伝説（たとえば御伽草子「御曹子島渡」を見られたい）にも、風によって女が子種を得るというエピソードは語られているので、この説は地球上のずいぶん広範囲におよんでいるようである。ここでは、プリニウスの『博物誌』

（巻八、第六十七章）から一節を引いておきたい。

「ルシタニアのオリシポ（リスボン）やテジョ河の付近で、牝馬が西風のほうへ顔を向け、風によって孕まされるという話はだれでもが知っている。こうして生まれた若駒は驚くべき駿足ぶりを発揮するが、三歳になるのを待たずに死ぬのである。」

言葉の厳密な定義からいえば、パンスペルミスムを処女生殖の一種と考えるのは、あるいは正しくないかもしれない。空気の媒介であれ水の媒介であれ、スペルムがなんらかの径路を通って、女の子宮内に侵入することは前提となっているからである。本来の処女生殖は、一切の「有機体の分子」の介入を峻拒するものでなければならぬはずであろう。しかし面白いのは、十七世紀になって精子や卵子が発見されるとともに、この昔ながらのパンスペルミスムがふたたび勢いを盛りかえし、その信奉者を多く集め出したという事実であろう。当然といえば当然かもしれないし、おかしいといえばおかしいような気がするではないか。

十七世紀の学者たちの主張するパンスペルミスムにも、各人各説いろいろあって、たとえば名高い童話作家シャルル・ペローの兄のクロード・ペローのごときは、女はひとりでも生殖することができるが、男の協力があって初めて完全なものになる、などと主張している。そうかと思うと、風に運ばれて飛んでゆくのは男のスペルムではなくて、女の卵子であると主張している学者などもいる。イギリスの自由思想家ウィリアム・ウラストンの説も、一風変っていて面白い。すなわち彼によれば、空気中にただよっている有機体の分子を口や鼻孔から吸いこむのは、女ではなくてむしろ男なのである。この分子はやがて貯精嚢にたくわえられ、陰茎から女の子宮内へ発射される。ただし、この分子を女が直接に吸いこむという場合も、決してありえないわけではないとウラストンは断っている。

スイスの博物学者シャルル・ボネが、二十歳の若さで、アリマキの処女生殖を発見したのは一七四〇年であった。生まれた時から隔離して育てられた一匹のアリマキが、六世代にわたる九十五匹の子供を生んだのである。この事実は、当然のことながら、人間の処女生殖を主張する、当時の生理学者たちを勇気づけることになったようである。パンスペルミスムの伝統も、決して死に絶えることなく、十九世紀の半ばまで延々とつづいた。

十九世紀の半ばに、古めかしいパンスペルミスムの伝統を復活させて、新たに「芳香分子」の説を立てたのはフランスの医者オーギュスト・ドベーであった。匂いの分子は目にも見えず、また手にも触れられないが、私たちの嗅覚を強く刺激する。どんな小さな入口からでも侵入する。スペルムの芳香分子もまた、子宮内に到達すると、さらにラッパ管の内部にもぐりこみ、卵巣に食らいついて、これを受胎せしめるのである。受胎した細胞はだんだんふくれあがり、数日で破裂すると、一個の卵子を放出する。これが輸卵管を通って、ふたたび子宮にもどってくるのだ。

ドベーによると、この芳香分子には驚くべき伝播力があるので、それによって原因不明の妊娠なども説明することができるという。或る若い百姓女が、積みあげた乾草の山の上で、仕事に疲れて眠っていた。暑苦しい季節だったので、彼女はしどけなくスカートをまくっていた。たまたま彼女の近くに、もうひとり百姓女がいて、こちらは乾草の上で男と恋を語らっていた。この男女のあいだから発した一個の芳香分子が、風に運ばれて、なんにも知らずに眠っていた百姓女を妊娠させることになってしまったのである。彼女は九カ月後に子供を生んだ、とドベーが書いている。こんなことが実際に起ったかどうか、とにかく、これは証明しようのない事実というしかないであろう。

処女生殖という観念は、あくまで望ましい一つの観念にすぎず、現実には、だれもこんなものを信じている人間はいなかったのではあるまいか、という疑いも生ずる。よしんば生理学者がそれを主張したにせよ、裁判所がそれに基づいて判決をくだしたにせよ、健全な常識をもった市民たちは、いずれも腹の底で、こんな観念を嗤《わら》っていたのではあるまいか、という疑問である。「相反するものの一致」を熱烈に夢みるマニエリストたち自身すら、もしかしたら、自分ではまったく信じていない観念を、あたかも心から信じているのでもあるかのごとく、表明していただけのことだったのではないだろうか。私にはどうも、そんな疑問が次から次へと心に浮かぶのである。

十八世紀の英国に、ジョン・ヒルという山師のような作家がいた。この男がアブラハム・ジョンソンという変名で書いた報告が、一七三〇年に刊行された『交合なしの出産《ルキナ》、あるいは協力の法則から解放された出産』である。イギリス学士院に宛てた手紙の形になっていて、そのなかで作者は声を大にして、処女生殖が現実に可能であることを説いているのである。もっとも、よく読んでみると、作者がそれを少しも信じていないことは明瞭なので、この作品は一種の諷刺文学ということにもなるであろうか。ジョン・ヒルというのは奇妙な人物で、医者であり薬剤師であり植物学者であり、どこまでが真面目なのか見当のつかないようなところもあるが、十五年間を費して大著『植物界』を完成したために、スエーデン王から勲章をもらったりもしているので、必ずしも山師ときめつけるのは妥当でないかもしれない。

さて、ジョン・ヒルの『交合なしの出産』であるが、この報告の語り手でもあり、主要登場人物でもあるのがアブラハム・ジョンソン博士なのである。まあ、いわば小説みたいなものなので、その内容をざっと次に紹介しておこうか。

アブラハム・ジョンソン博士が或る日、或る名家の若い娘を診察にゆく。診察の結果は明らかで、疑いもなく娘は妊娠している。両親は家の恥だとして、大いに悩む。しかし娘は自分が絶対に処女であって、恥ずべきことはなにもしていないと主張して譲らない。ジョンソン博士は、この娘の真剣さに思わずほろりとして、「よし、ひとつ彼女のために、交合なしでも妊娠する場合があるということを証明してやろう」と意を決する。証明はなかなか困難で、ともすれば絶望しがちになるが、たまたまウラストンの名著『自然宗教略述』を読むにおよんで、博士は処女生殖が可能であることを確信するにいたる。

こうして博士は一台の機械、「円筒形で反射光学的で円屋根形で凹面形で凸面形の機械」を製作する。ウラストンの語っている、「女を受胎させる有機体の分子」を採集するための機械である。首尾よく機械が完成して、集められた分子を顕微鏡で眺めてみると、それらの分子は「あたかも男女それぞれの性を備えた小人のよう」である。博士は感にたえず、「うーん、この小さな爬虫類みたいなやつが、将来、アレクサンドロス大王のような人物になるのだろうか。こっちのやつは、ファウスティナみたいな女になるのか。こいつはキケロみたいな学者になるのかもしらんぞ……」などとつぶやく。

残る問題は、これらの分子の有効性をためしてみることであろう。しかし、だれを実験台にして使ったらよいか分らない。迂闊なことをすれば、モラルに抵触するのは必至であろう。自分の妻ならばよいかもしれないが、実験台にするために結婚するというのは、どうもやはりぞっとしない。いろいろ考えた末に、博士はひとりの小間使を実験台にすることにきめた。これだって、あまり道徳的なこととはいえないだろうが、万《ばん》やむをえなかったのである。博士は彼女の口から、分子のたっぷり入ったスープを慎重に飲ませた。それから病気という口実で、彼女を修道院に隔離監禁した。彼女のそばには、牡の犬さえ近づけないようにした。やがて彼女に妊娠の徴候があらわれると、彼女は博士にこう告白するのだった、「じつは三年前に、或る牧師に誘惑されたことがございます」と。これで博士には、彼女のお腹のなかの子供がいかなる原因で生じたか、よく分ったので、その子供が生まれると、すすんで自分の子として認知した。

——話はこれで終りである。

このジョンソン博士の報告には、さらにまた、この機械の発明が人類にどんな利益をもたらすか、ということが得々として語られてもいる。まず第一に、多くの女たちが汚された名誉をそそぐことを可能にするであろう。それから、すでに久しきにわたって万人の嫌悪するところとなっている、結婚の束縛を解消するのに役立つであろう。また性病を根絶する役に立つかもしれない。著者は大真面目で、この機械を普及させるために、男女の交合を禁ずる勅令を出すように取りはからってほしいとイギリス学士院に訴えてさえいるのである。まことに、とぼけた野郎もあったものだと思わざるをえない。

私にいわせれば、もしこんな機械ができたとすると、男の役割がなくなってしまって困るのではないか、と思われるのだが、著者はそんなことには一向に気づいていないようである。まことに、勝手な野郎もあったものだと思わざるをえない。

男性の射精というのは一種の出産だから、すべての男性は一種の処女生殖をやっているようなものだ、と主張した学者もいる。この十八世紀フランスのゴーティエという学者の説によれば、むろん、睾丸のなかにはすでに小さな胎児がいて、射精と一緒に、そいつが外に飛び出すのである。なるほど、そう考えれば、射精は一種の男の出産ということにもなるであろう。

ゴーティエは精液を透明な冷たい水に浸して、顕微鏡もなしに、そのなかの胎児を観察したと語っている。すなわち、「白い胎児は不透明な流動性の物質で、頭は身体の三分の一も大きかった」と。彼はまた、同じ実験を驢馬《ろば》の精液で行ったとも語っている。驚くべきことに、どろどろした黄色っぽい物質から成る、小さな驢馬の胎児がちゃんと彼には見えたそうである。「非常に大きな頭と、四本の脚と、一本の尾で、そいつは緑色がかった液体のなかを泳いでいた」とゴーティエは報告しているのである。

こうして見てくると、十七世紀から十八世紀にかけての生理学者というやつは、どいつもこいつも、科学の方法なんぞはそっちのけにして、まことしやかに自分勝手な嘘ばかり吐いている人物のように見えてくる。単に処女生殖という観念的な願望においてのみならず、その実験的な観察においても、記述においても、しかりである。私は前に生理学上のマニエリストという言葉を使ったが、なかなかどうして、彼らはマニエリストというよりも、むしろそれ以上の端倪《たんげい》すべからざるなにかであろう。

〔1981（昭和56）年1月「作品」初出〕

裸婦について

明治以後ということになれば話は別であるが、少なくともそれ以前の日本画における裸婦像ということを考えると、私の頭にどうしても引っかかってくるのは、あの『ザ・ヌード』の著者たるケネス・クラーク卿の次のような言葉である。ちょっと長いが、引用してみる。

「生物学的必要から離れた他の分野でも、はだかの人体は調和、力、陶酔、謙譲、悲劇性といった人間的経験を生き生きと喚起するよすがとなる。そしてこれらを見事に具現した作品を目のあたりにすると、裸体像とは普遍的で永遠な価値をもつ表現手段であるかのように思われるにちがいない。だが実際そうでないことは歴史が示す通りであり、場所的にも時間的にも狭く限られている。」

「極東の絵画にもはだかの人物がいることはいるが、それは言葉の意味を拡張してはじめて裸体像と呼び得るにすぎない。日本の版画でははだかの人物は浮世絵に出てくる。浮世絵は人生の束の間の相を示す芸術であって、一般に記録することもなく過ぎ去るに委せる幾つかの私的な情景を描き出すものである。」

「はだかの身体を観照に値するまじめな主題として、ただそれゆえに提示するという考えは、シナ人とか日本人とかの心には思い浮かばなかったし、そのことが今日なお、われわれの間で些細な誤解を生む因となっている。」（高階秀爾・佐々木英也訳）

クラークによれば、裸体像とは「再構成された肉体のイメージ」であり、「一つの理念」であり、また「芸術の主題ではなく芸術の一形式」である。つまり、宗教画や風俗画の一要素としてではなく、自己目的として追求されるということだろう。

私にいわせれば、こうした裸体像なる観念を発生せしめたそもそもの原因は、やはりヨーロッパに特有な科学的精神（あるいは幾何学的精神といってもよい）であり、またその裏面としてのキリスト教的精神ではないかと思う。もっと大胆に単純化していってしまえば、それは遠近法の精神なのである。十五世紀以後に遠近法の法則が発見されるとともに、ヨーロッパにおいても、裸体像の表現が一つの独立したジャンルとなったのであって、近代の裸体像は決して古典古代の彫刻と切れ目なしに連続していたわけではないのだ。

もっと大胆にいってしまおう。ヨーロッパの幾何学的精神、あるいは遠近法の精神とは、或る理想主義のもとに自然を略取せんとする精神なのである。こう申せば、これがキリスト教的精神の裏返しであることは、ただちに理解されるだろう。日本にはもともと、こういう野蛮な（？）精神はなかった。だから裸体像などという観念も、生まれる余地がなかったのである。お断りしておくが、これはべつに卑下する必要もなければ、誇りとする必要もないことである。

西洋では、美の規範は、いつも科学的精神と結びついているような気が私にはする。科学的精神とは、計算可能な比例への信仰である。それは自然を秩序立てることであり、荒々しい自然を馴致《じゅんち》して、人間の領域に取りこむことである。あの幾何学的な西洋庭園を見れば一目瞭然であろう。裸体像も、この比例への信仰という見地から眺めれば、西洋庭園の理念と本質的に何ら変るところがないように私には思われる。

ゴシック時代の北ヨーロッパには、まだ裸体像の観念がなかったから、クラークもいうように、事情は日本の場合といくらか似通っていたようだ。ルネサンス期のデューラーは、裸体像がイタリアで尊重されていることを知って、これを自分のものにしようと苦しい努力をつづけた。デューラーの人体デッサンを見ていると、どうしても私は葛飾北斎や河鍋暁斎の線描を思い出してしまう。北斎や暁斎にも、ヨーロッパ流の遠近法が独特な形で採り入れられているからである。これとは逆に、ゴシック的な要素を多分に残しているクラナッハの裸婦には、どこか黄金時代の浮世絵の美人を連想させるようなものがある。あるいは春信の美人に近いといえようか。

ケネス・クラークの文章をもう少し引用してみよう。

「歌麿は幾つか美しいはだかの人像を描いている。たとえば婦人が湯舟にはいろうとしているギメー美術館の版画がそれで、マティスは明らかにこの絵を知っていた。しかし男女の交りの絵入りの手ほどきである歌麿のいわゆる枕絵で、素裸の肉体全体が決して描かれていないことは注目に値する。西洋人がもっとも生ま生ましく描こうとしている時ですら、この特殊な行為の部分強調を拒んでいることは、ある程度まで、全体性へのギリシア的信頼（これが裸体像を創造した）の遺産であるといえよう。」

部分強調とはディテールのことで、要するに浮世絵における性器の誇張をさしているのだが、このクラークの指摘は、私たちの盲点を衝いているような感じで、なかなかおもしろい。私は前に計算可能な比例への信仰ということを述べたが、部分強調は、比例への信仰と真向から対立するだろうからである。それはともかく、日本では元来、芸術としての裸体の表現が極端に少ないにもかかわらず、風俗としてあらわれた農耕民族特有の生殖器崇拝は、欧米人が驚くほど赤裸々であけっぴろげなのである。枕絵の部分強調も、もしかしたら、そういう伝統のもとに捉えるべきものなのかもしれないと私は思う。

もちろん、日本美術における裸婦は、必ずしも浮世絵のそれを嚆矢《こうし》とするわけではない。私の狭い見聞の範囲だから間違っているかもしれないが、単に裸体ということだけでいえば、鎌倉期の「地獄草紙」や「餓鬼草紙」や「病草紙」にあらわれる裸体の女が、もっとも古いほうに属するのではないだろうか。文永三年という刻銘を有する鶴ヶ岡八幡宮の弁才天像や、同時代の江之島神社の弁才天像も、彫刻ではあるが特殊なケースとして注目に値するだろう。「病草紙」の或る模本には、裸体の女たちが庭さきで湯を沸かして沐浴している図がある。もとより美しい裸体とは義理にもいえないが、おそらく、この図あたりを最古のものとして、日本では沐浴という主題が、そこに裸婦を登場させるための常套的な手段となるらしいのだ。それでも独立した裸婦像というよりは、むしろ風俗画としての面が大きいのは申すまでもなく、これといった作品も見あたらないようである。慶長ごろの風俗図屏風には、浴後に透き通った白い軽羅《けいら》を羽織って、物憂げに縁側で涼んでいる若い女たちを描いたものがある。全裸ではないが、桃色に上気した裸身が薄い布地から透けて見えるところは、かえって美しくエロティックである。

風呂屋の風俗をもふくめて、女人沐浴の図は清長も歌麿も豊国も、さらに幕末の芳幾《よしいく》も好んで描いているが、たぶん、こういう長い伝統があるためであろうか、それは明治以後の日本画においても、それほど異和感なくテーマとして成立し得たのだった。それは換言すれば、日本画における裸婦が、明治以後になっても依然として、前時代からの風俗画としての痕跡を残していたということにほかなるまい。なぜなら、近代の油絵の世界では、浴室風景だの沐浴図だのといったようなテーマは、よしんば具象派作家の作品であったとしても、まず滅多に見られないテーマであろうからだ。しかるに日本画では、小林古径も伊東深水も前田青邨も小倉遊亀も、まさに浴場風景より以外の何物でもない絵を描いているのである。

私はなにも、風俗画の跡痕が残っているから悪いといっているのではない。ただ、村上華岳の名高い「裸婦」のような作品を一つの頂点として、少なくともテーマや構図の上では、日本画とも洋画とも殊さら区別する必要がまったくないような、自由な裸婦の表現が今日において行われていることもまた事実であろう。これを一概に日本画の進歩といってよいものかどうか、私にはよく分らないけれども、油絵具の自由さを採り入れることによって、それがケネス・クラークのいわゆる「再構成された肉体のイメージ」であり「一つの理念」であるところの裸体像に、いちじるしく接近しているということだけは認めなければなるまい。

そして私は、こうした傾向を喜ぶものであるということを、最後に付け加えておきたい。

〔1980（昭和55）年8月「藝術新潮」初出〕

疑わしき美

かぶらのウェヌス

永久不変の美なんてものは、ありえない。時代と環境によって、いかようにも変化するのが美の規範である。美の女神は、いつも曖昧な微笑を浮かべている。彼女にだまされると、とんでもない恥をかくことになる。せいぜい気をつけなければいけない。

批評家などと呼ばれている連中は、みんなずるいやつばかりだから、評価の定まった芸術作品しか相手にしない。海のものとも山のものともつかないような作品は、敬して遠ざけることにしているようだ。それでも芸術の歴史を眺めると、時に批評家がどじを踏んで、抱腹絶倒の茶番劇が起こったりするからおもしろい。

フランスのロワール県に、イタリア生まれのフランシスコ・クレモネーゼという彫刻家が住んでいた。まったく無名の彫刻家だったが、自分ではいっぱし腕に自信があって、いずれ世間をあっといわせるような、大芝居を打ってやろうと画策していた。自分の才能を認めようとしない世間を、思うさま笑ってやろうと計画をめぐらしていた。

あるとき、このクレモネーゼが、アンナと呼ばれる十八歳のポーランド人の少女をモデルにして、古典期ギリシアの規範にのっとった、大理石のウェヌス像を制作した。制作には二年間を要した。像が完成すると、彼はこの像の台座と、左の腕と、右の手と、鼻をわざと欠損させて、近くの畑の土中に埋めておいた。

一九三七年五月二日、ロワール県に住むゴノンという農夫が、かぶらを収穫したあとの畑を耕しているとき、たまたま、このウェヌス像を発見した。ニュースはたちまちパリに伝わって、美術の専門家が鑑定のために現場に駆けつけてきた。鑑定の結果、これぞ正真正銘、古典期ギリシアの傑作に間違いなしと折り紙がつけられた。新聞も熱狂して、この「かぶらのウェヌス」をミロのウェヌスと比較したりする騒ぎであった。そういえば、ミロのウェヌスも、たしかに畑で農夫に発見されたのである。

計画まんまと大当たりで、クレモネーゼは、じつは自分こそ「かぶらのウェヌス」の作者であると名のり出た。しかるに、だれもこれを信じない。一九三八年十二月十六日、彼は専門家の立ち会いのもとに、像が自分の作品であることを証明することになった。これは簡単である。欠損した左腕や右手や鼻をもってきて、像のその部分に継げばよいからだ。いずれの部分も、ぴたりと接合した。

これでクレモネーゼは、天下晴れて「かぶらのウェヌス」の作者と認められたわけであるが、むろん、だれも彼を尊敬するものはいなかった。また彼の作品も、いったんギリシア古典期のものでないことが分ってしまうと、だれも洟《はな》もひっかけなくなってしまった。世間とは、そんなものであろう。

クレモネーゼは自分の作品を返してほしいと訴えたが、農夫はこれを拒否したという。たぶん、農夫はだまされて腹を立てていたのであろう。裁判になったが、クレモネーゼは敗訴したらしい。

最近、楼蘭で美少女のミイラが発見され、初めは六千年前のミイラという触れこみだったが、その後、二千年前と大幅に訂正されたようである。これなんかも、もしかしたらクレモネーゼのようないかさま師の作品でないとは、だれにも断言しえないであろう。いや、これは冗談です。

ゴッホの耳

オブジェというものがある。そこらにころがっている、なんでもない自然物とか日常品とかに、ちょっと手を加えて、奇妙な効果を出させることをねらった、一種の造形美術だと思えばよいだろう。

たとえばマルセル・デュシャンというひとは、「泉」と題して、ニューヨークのアンデパンダン展に本物の陶製の便器を出品した。あるいはまた、石膏製の足の裏に、本物の蠅の死体をたからせて、これに「拷問死」と題をつけた。これは一種の語呂合わせで、拷問死Torture-morteは静物Nature morteに通じるのである。

次に述べる「ゴッホの耳」は、必ずしも美術品ではないけれども、シュルレアリストの制作するオブジェと、ほとんど同じ効果を見物人にあたえたのではなかったろうか。

一九三五年、ニューヨークの近代美術館でゴッホの大展覧会が行われたことがあった。そのころ、まだゴッホの名前はそれほどポピュラーではなく、平均的なアメリカの大衆は、ゴッホの作品そのものよりも、むしろ例の耳切り事件などをはじめとする、この画家の狂気のエピソードに猟奇的な興味を寄せているにすぎなかった。新聞も、作品論のほうはそっちのけで、画家の奇行ばかりを誇大に宣伝していたらしい。

この点に目をつけて、ひとついたずらしてやろうと思い立ったのが、名代のミスティフィカトゥール（人を煙に巻いて喜ぶ趣味の者）として知られるヒュー・トロイという男である。トロイは古ぼけた革の切れっぱしで、人間の耳を制作した。それは干からびて茶色くなった、本物の耳のミイラにそっくりだった。こうして耳のオブジェができあがると、彼はこれをビロード張りの小箱の中におさめて、展覧会場の隅のテーブルの上にそっと置き、そのそばに次のような貼札をしておいた。

「ヴィンセント・ヴァン・ゴッホのみずから切断したる耳。一八八八年十二月二十四日、画家はこの耳を情婦の一フランス人娼婦に送ろうとした」

展覧会場には連日のごとく、ニューヨークっ子が大挙して詰めかけていたが、とくに「ゴッホの耳」の展示してあるテーブルのまわりは、いつも黒山の人だかりで、押すな押すなの大混雑だった。壁にかけてある絵なんかには、ろくすっぽ見向きもしないで、ひとびとは切られた耳に殺到するのである。なかには得意になって、画家の耳切り事件の顚末《てんまつ》を講釈しているようなやつもいる。

してやったり、と、トロイが快哉を叫んだのは申すまでもなかろう。美術館のほうで気がついて、あわてて撤回しようとした時には、すでに何千人という見物人が、このインチキな「ゴッホの耳」を眺めて、てっきり本物だと信じこんでいたのである。

ゴッホの絵の真価を解せず、インチキな耳のオブジェにばかり興味を寄せる大衆は、もとより俗物である。俗物を絵に描いたようなものだといってもいいだろう。しかし後年、アメリカのポップ・アートが花ひらくためには、評価の定まった芸術作品よりはむしろ卑近なものに興味を寄せる、こうした俗物的精神こそ必要だったのではないだろうか。

ゴッホの絵が偉大であるのは断るまでもあるまいが、刺激をあたえ挑発しなければ、芸術は停滞するだろう。古典的名作を茶化すのは、芸術の衛生学として、つねに必要なことのように思われる。

美と時間の作用

平泉の中尊寺にあそんで、ガラスの障壁の内部にすっぽり封じこめられた金色堂を眺め、「これではまるでカプセルのなかに密閉された極楽浄土のミニアチュールみたいじゃないか」と思ったのは、もういまから数年前のことである。

密閉される前の金色堂を見ていないので、私には比較はできないが、カプセルとは、いかにも宇宙時代の美学にふさわしいように思われて、おもしろく感じたのをおぼえている。年月のさびの中でくすんだ、昔の金色堂を知っているひとには、解体修理後のぴかぴかに光った金色堂は、あるいは違和感をおぼえるものかもしれないが、はじめて見た私には、カプセルをもふくめて、むしろそれが超時代的な美に輝いているように見えたのだった。

私はまだ見ていないが、同じことは、ごく最近落成したばかりの薬師寺の西塔についてもいえるのではあるまいか。

ギリシア彫刻の大理石だって、かつては、その衣服、髪の毛、装身具などに鮮明な色が塗ってあったのであり、わが天平期の黒光りしたブロンズの仏像だって、当初は全身に金メッキがほどこされて、黄金色に輝いていたのである。時代とともに、それらが徐々に剝落して、くすんだ落着いた素肌をあらわしたにすぎない。

竣工当時はあれほど評判のわるかった京都タワーが、いつのまにか「お東さんのロウソク」として、すっかり私たちに親しいものとなってしまったのも、やはり時の流れのしからしむるところであろうか。

どうやら時というのが曲者らしいのだ。時間の腐蝕作用によって、私たちは容易に美を美と感じたり、あるいはまた、容易に美を美と感じることが困難になったりするらしいのである。そうかといって、人間のつくるものである以上、時間の作用を峻拒した、不滅の美というのがありえないのも明らかだろう。

アテネのアクロポリスの神殿は、いまや大気汚染によって徐々に崩壊しつつあるというし、ヴェネツィアは水中に没し去ろうとしている。ボロブドゥールの遺跡が、いかに手をつくしたにせよ、いつまで現状を維持しうるかは疑問であろう。京都の苔寺は、あんまり見物人に庭を踏み荒らされるので、とうとう公開しなくなったと伝え聞く。

苔ならば、しばらくするうち生えてくるから、まだ希望がもてるが、時間とともに崩壊する建造物には、手がつけられない。私はイラクのクテシフォンで、くずれかけた粘土のササン朝ペルシア時代の大建築を眺めたとき、この感を深くしたものだ。

しかし時間とともに変化するからこそ、私たちは美というものを、いつも危機にのぞんだ、あえかなものとして認識することができるのではないか、という気もする。

室町時代の御伽草子の一つ『付喪神記《つくもがみき》』に「器物百年を経て、化して精霊を得てより、人の心をたぶらかす、これを付喪神と号す」とあるが、器物にせよ建造物にせよ、あんまり古くなるまで存在を持続すると、そこに流れるべき時間が凝固して、一種の化けものに変化するのだ。だから煤払いと称して、これを捨てなければならないというのが『付喪神記』の説くところである。

美というものも、新陳代謝するのが健全な状態なのかもしれない、と私は思う。

自然、美のモデル

「二種類の美がある。すなわち人間が自然のなかに見出す美と、人間が自発的に創造する美である」とロジェ・カイヨワが書いている。しかしカイヨワも認めているように、何千年もかかって人間のつくり出した、どんなに複雑巧緻な美であろうと、そのモデルを自然のなかに見出すことができないような美は、一つもないのではないだろうか。

ゴシックの寺院と或る種の樹木、バッハのフーガと或る種の渦巻、マラルメの詩と或る種の結晶、カフカの散文と或る種の貝殻、レオナルドの絵画と或る種の洞窟。——こんなものを比較するのは突拍子もないことで、ばかげたことだと思われるかもしれない。単なるアナロジーで、なんの現実的な根拠もない判断だと思われるかもしれない。しかし、はたしてそうだろうか。

「美は創造ではなく、時間のかかる発見である」とカイヨワはいう。つねに自然を手本にして、泡立ち沸きかえる混沌の中から、新たな美を見つけ出そうという姿勢がなければ、人間のつくり出す美などは、たちまち種切れになってしまうのではなかろうか、と私は思う。さいわいにして、自然は人間のための、ほとんど無限の美の供給源となってくれているようだ。

だからカイヨワのいうように、人間は「ただ自然からのみ、おのれの美の基準を引き出す」のである。まったくその通りだと私も同感せざるをえない。

東京タワーでも新幹線でも、ポンピドー・センターでも宇宙ロケットでも、もしそれがなんらかの意味で美であるならば、自然のなかに必ずそのモデルを見出すことができるはずだろう。造形的あるいはデザイン的なものばかりでなく、もっと複雑で観念的な長篇小説とか、あるいは音楽とか芝居とかいったような作品でも、この関係は変らない。およそ人間のつくり出す美の基準はすべて、自然から引き出されるはずだからだ。

産業革命以来、機械崇拝が滔々《とうとう》と芸術の領域に侵入してきた。十九世紀末の小説家ユイスマンスが、機関車と女とを比較したのはよく知られている。いまでは私たちにとって、メカニックなもののなかに美を見出すのは容易であろう。機械や道具は、私たちが油断をしていると、たちまち第二の自然になってしまうのだ。

カイヨワは自然のなかに、思いがけない美を見出すことを好み、しばしば石や花や蝶や軟体動物について論じるが、私もまた、自然愛好にかけては人後に落ちないものであることを告白しておきたい。ただ、私がそのなかに美を発見する自然は、日本の伝統としての花鳥風月的な自然とはまったく違った、いわば動物と植物と鉱物によって構成された有機的な自然なのである。それは多少、オブジェ愛好に似ているかもしれない。

オブジェというのは、選択という唯一の恩寵によって、自然物あるいは日常品を、一種の芸術作品の列にまで高めてしまう操作を意味していよう。たとえば私が石なら石を海岸から拾ってきて、サイドテーブルの上に飾っておけば、それが私にとってのオブジェになるのである。いや、私にとってだけでなく、万人にとってのオブジェであるという確信がなければ、そもそもオブジェ愛好という精神の営みは成立しないだろう。

少なくとも芸術を鑑賞するよりは、自然を観察するほうがよっぽどシャレている、と私は考えるものだ。

ボール紙の兜

もうずいぶん昔、オーソン・ウェルズの映画『マクベス』のなかで、黒田長政の大水牛のような、奇怪なかたちの兜をかぶったスコットランドの武士たちがぞろぞろ出てきたのを見たとき、私は「あ、これは日本の兜からヒントを得たのだな」と思ったものだ。

兜も城も、純粋に形態学的に眺めれば、ヨーロッパのほうがはるかに単純で、日本のほうがはるかにデコラティヴだといえるだろう。ヨーロッパの合理主義は、まずなによりも機能的に洗練させることを考えるから、無駄な装飾的な部分は残さない。ヨーロッパの甲冑は、魚みたいな単純なかたちをしている。

しかるに、日本の兜の前立《まえだて》においては、日輪や三日月から始まって、牛や鹿の角にそっくりなのもあれば、昆虫の触角みたいなのもあり、じつにさまざまな奇をこらしたかたちを示しているのである。

城だって、同じことである。ヨーロッパの城は、要するに円筒形と長方体とを組み合わせただけの、いわば積み木みたいな単純なかたちのものである。そのほうが、鉄砲や大砲の弾丸をそらせるのに有効だからだ。日本の戦国時代の城のように、破風造りの瓦屋根が幾層にも積み重なって、上へゆくほど小さくなり、巨大な五重の塔のような趣きを見せている天守閣などは、ヨーロッパ人の合理主義には、とても考えられないバロック的な発想だったにちがいないのである。

そういえば、旧帝国海軍の戦艦も、アメリカやイギリスのそれとは明らかに違って、とくにその司令塔や艦橋が、バロック的に重層していたような気がする。

しかし、私がここでいいたいのは、兜や城や軍艦の形態にあらわれた、彼我の文化の相違といったようなことではない。私は、オーソン・ウェルズの『マクベス』の兜が、じつはボール紙製だったということに注目したいのである。

劇場における舞台装置としてのボール紙と、カメラでとらえられた映画のなかのボール紙とは、おそらくその意味を完全に異にするだろう。どちらも偽物であることに変りはないが、その手続きは後者の場合、よほど複雑になっていて、いわばカメラの目によってのぞかれた、偽物の偽物とでもいった関係になっているはずだからだ。

写真という装置がフェティッシュ（呪物）を生み出すことをよく承知している私たちは、このカメラでとらえられた偽物が、まさにカメラでとらえられた瞬間から、急に偽物として生き生きしてくるかのような幻想を楽しむことができる。少なくともオーソン・ウェルズは、この幻想を楽しむことを知っていたにちがいないと私は思う。

それは本物のように生き生きしてくるのではなくて、あくまで偽物として生き生きしてくるのだ。フェリーニは『カサノバ』のなかで、ヴェネツィアの海の波からロンドンの霧まで、すべてセット撮影でつくり出したというが、彼もまた、カメラでとらえられた偽物のフェティッシュめいた魅力をよく知っていたのであろう。

カメラの世界で私がもっとも面白いと思っているのは、このように死んだ物に、電流を通すように生命を流しこんで、生き生きとさせることなのである。生き生きしているかどうかが問題なので、本物であろうと偽物であろうと、その点はどうでもよいのである。要するに、ボール紙で十分だということだ。

〔1981（昭和56）年5月2、9、16、23、30日「東京新聞」初出〕

日記から

YGブロンズ

今年の七月十二日は、私にとって感慨ぶかい日であった。私たち旧制都立五中（現小石川高）のクラスメートが、卒業三十五周年を記念して、かつて戦争末期に勤労動員で通っていた合金工場を見学したのである。

東上線の鶴瀬駅前に十数名が参集すると、マイクロバスが工場まで私たちを運んでくれた。医者もいれば会社員もいる、俳優もいれば教授もいるという私たちの一行である。工場では、社長をはじめ社員一同が笑顔で私たちを迎えてくれた。むろん、三十五年前からの社員はいないが、旧知の社長は八十歳を迎えて、なお矍鑠《かくしやく》たるもので、記憶力も驚くほどよく、まだ十六歳の少年だった私たちのことをよくおぼえていてくれたのである。

私たちは帽子をかぶり手袋をはめて、社員の案内で工場のなかを見学させてもらった。この工場では、YGブロンズという合金を造っているのである。真っ赤に溶けた湯（溶けた金属を湯と呼ぶ）が、傾けた容器からどろどろと流れ出てくる。空気ハンマーが地ひびきを立てて鋳塊をたたいている。私たちのころとは工程にずいぶん違った面もあるが、それでも私は三十五年ぶりに工場の雰囲気というものに接して、ある種の感慨に浸らないわけにはいかなかった。申すまでもあるまいが、この工場は戦後になって再建されたのである。私たちが通っていた工場は、空襲ですっかり焼けてしまったのである。

弾丸力士

一昨年の十二月二十四日、六十七歳で死去した元小結をおぼえていますか。おぼえていないでしょう。遅蒔きながら、私がここに顕彰しておくことにします。弾丸力士と異名をとった巴《ともえ》潟《がた》であります。

少年時代、私は巴潟が大好きだった。どうしてあんなに好きだったのか、自分でもふしぎに思うほどだ。おそらく、五尺五寸の小兵ながら、立ち合いのはげしい当たりで、大関武蔵山に土をつけたという伝説的なエピソードが、少年の私にふかい感銘をあたえたためであろう。それ以外には考えられない。

巴潟は土俵上で、仕切り直しのあいだ、せわしなく神経質に身体を動かす癖があった。首をかしげたり、鼻をかんだり、水を飲んだり、飲んだ水をぷっと吐き出したりした。おもしろいので、そのたびに館内がどっと沸いたものである。

首が肩にめりこんでいるような感じで、四股をふむ時には、いつも必ず頭より高く足をあげた。相手にまわしを取らせないために、腰がくびれるほど固くまわしを締めていた。仕切り線からずっと下がって仕切り、勢よくダッシュして相手にぶつかろうとした。その滑稽なほど真剣な土俵態度が、私には好ましかった。ただし、当時はテレビがなかったので、こうした光景は国技館で観戦していなければ見られなかった。

どういうものか、私はいまでも小兵の力士が好きである。さきごろ引退した大関旭国の名前をあげておこう。

アルバイト

私が朝日新聞と最初に係わり合ったのは、昭和二十五年の六月である。記事を書いたのではない。当時大学の一年生だった私は、アルバイトで選挙速報を手伝ったのである。第二回の参議院議員選挙であった。

新橋駅の烏森口《からすもりぐち》前の広場にやぐらを組んで、野球のスコアボードみたいな表示板をぶっ建て、ずらりと並んだ候補者の名前の下に、電話で情報がはいるたびに、得票数を示す紙を貼る。得票数がふえると、紙の上にまた紙を貼る。その仕事をやったわけだ。ずいぶん原始的な方法で、まさか今ではこんなことをやってはいまいと思うが、どうだろうか。

私がやぐらの下で電話番をしていると、マッカーサーが共産党中央委員二十四人の公職追放を指令したというニュースがはいった。たまたま参議院選挙に当選したばかりのタカクラ・テル氏も、追放されることになった。そのときタカクラ氏が発表した談話は、「当選したとたんに追放されるとは、なんというドラマティックなことだろう」といったような皮肉な内容のものだった。

どうしてこんなことをよくおぼえているのかというと、このニュースを私自身が拡声器で新橋駅前の広場に流したからである。

このとき追放された二十四人のなかには、もちろん、あの伊藤律氏もいた。

私は朝日新聞からささやかなアルバイト料をもらうと、その日、烏森の飲み屋で、たちまちぜんぶ使ってしまった。

落書き

私が旧制浦和高校に入学したのは昭和二十年七月である。七月というのは変だが、なにしろ当時、日本全土が空襲で滅茶苦茶になっていたので、恒例通り四月に入学式をやることができなかったわけだ。敗戦の一カ月前、かんかん照りのもとで行われた入学式の光景を、私は異様な夢のなかの光景のように記憶している。

私が高等学校に入学してびっくりしたことの一つは、便所のなかに落書きがおびただしいことだった。しかも、その落書きのなかに、およそワイセツなものが一つもないことだった。そんなはずはあるまい、と思って、目を皿のようにして探したが、ついにワイセツな落書きを見つけ出すことはできなかった。そのかわり、私はおもしろいものを発見した。

そのころ、高等学校には必ず配属将校というものがいて、学内で威張りちらしていた。浦高にも、いつもカーキ色の将校マントを着た滝某という陸軍大佐がいて、生徒たちの怨嗟《えんさ》の的になっていた。この滝某を諷した回文が便所の壁に書かれているのを、私は発見したのである。

ちなみにいえば、回文とは、上から読んでも下から読んでも同じ文章のことである。

マントキタ、ウラワデワラウ、タキ、トンマ（マント着た浦和で笑う滝頓馬）

かつての旧制高校には、このような知的な諷刺精神が横溢《おういつ》していた。それにしても、少しはワイセツな落書きもあってよかったのじゃないか、と私は今にして思う。

突っぱり

小学校に入学してみると、坊主あたまの男の子たちに混じって、いわゆる坊っちゃん刈りにした子が十人ばかりいた。二年になると、その十人が五人ほどに減った。三年、四年、五年と上級にすすむにつれて、坊っちゃん刈りの子はどんどん減っていった。そして六年になると、ついにクラスで私ひとりになってしまった。

あたかも昭和十五年、「贅沢は敵だ」などという標語が幅をきかせていた時代である。べつに坊っちゃん刈りが贅沢というわけでもあるまいが、やはり軍国少年には坊主あたまがふさわしかろう。そういう次第で、私はクラス中の少年から迫害されるようになった。みんなが私に向かって、「坊主にしろ」と合唱するのである。これにはほとほとまいった。

私にしたところで、とくに坊っちゃん刈りを固執しなければならない理由はなにもなかったのである。しかしそうかといって、坊主にしなければならない理由もなかろうではないか。私はクラス中の大合唱を前にして、依怙地《いこじ》にならざるをえなかった。今の流行語でいえば、突っぱったのである。

それでも或る夏の日、私はとうとう意を決して床屋に駈けこむと、赤んぼの時から十二年あまり伸ばしつづけてきた髪の毛を、床屋のおじさんに切ってもらった。その時のさばさばした気持は今でも忘れられない。しかしその反面、左翼作家が転向した時に感じるであろうような、一抹のさびしさを私は感じたものである。

ディスコ

ディスコテックというのが東京の街に出現しはじめたのは、たしか六〇年代の終り近くではなかったろうか。六八年の秋だったたか、赤坂に「むげん」が開店したとき、私は三島由紀夫と二人で、そこへ行ったのをおぼえている。三島さんと会う時にはいつも他に何人かいたので、私が彼と二人だけで夜の街を歩いたのは、あとにも先にも、この時しかない。今となってみると、これも夢のなかの出来事のような気がする。

その夜はまず、ＴＢＳの地下のレストランで落ち合って食事をした。「あ、水谷八重子さんがきている。ちょっと挨拶してこよう」といって、三島さんはひとりで立ちあがると、向うのテーブルへ行って礼儀正しく挨拶した。

どういうわけか、私のところに「むげん」の開店祝いの招待状がきていたので、食事中、そのことを三島さんにいうと、彼も先刻承知で、「これから行ってみようか」ということになった。

薄暗い席にすわって、私たちは水割りウイスキーをなめながら、ホールのなかで踊り狂うゴーゴーガールを眺めていた。点滅するストロボの効果で、はげしい踊りの姿態が一瞬、静止したように見えるのがおもしろい。

「まるで機械仕掛けの人形みたいだな」——耳を聾するばかりの音楽のなかで、ぽつりともらした三島さんの一言が、私の耳の底に残っている。その後、私はディスコというところに行ったことがない。いや、あるかな。あったとしても、忘れてしまった。

ダンチヒ

ダンチヒといえば、ギュンター・グラスの『ブリキの太鼓』を思い出す。私は行ったことはないが、この中世以来の古いハンザ都市について、グラスは小説のなかで愛惜をこめて語っている。ジョイスのダブリン、カフカのプラハと同じように、ダンチヒはグラスの筆によって、私たちの文学地図の上に確固たる地位を占める都市となったのだ。

グラスは私より一歳年長だから、第二次大戦の前夜、生まれ故郷のこの町で、ナチスの党大会やヒットラー・ユーゲントの活躍ぶりを親しく目にしたらしい。一九三〇年代の初めから、この町にはハーケンクロイツ旗が次第にふえてゆく。三九年、ついに自由市はドイツに併合される。

そういえば、ヒットラー・ユーゲントが日本へ来たのは三八年、私が小学校四年の時だった。私たちはまだ子供だったから、ヨーロッパのきなくさい匂いなどには頓着せず、ただ半ズボンをはいた彼らのカッコよさに目を見はり、彼らのまねをして、両手を大きく横にふり、膝を曲げずに足を棒のように伸ばして、ふざけて運動場を歩きまわったりしたものであった。そのころ、新聞にダンチヒの名前がちらほらするようになったのも、私はよくおぼえている。

こんなことを思い出したのも、さきごろ、ダンチヒの造船労働者たちがストライキにはいって、ポーランドの政情が緊迫したためである。ダンチヒは現在グダニスクと呼ばれるが、私にはやはりダンチヒのほうがピンとくる。

幼虫

これまで昔の話ばかり書いてきたので、少しは現在の話も書くことにしようか。

今年は記録的な冷夏だそうで、東京などでは蟬の声もあんまり聞かれないというが、円覚寺の裏山につづくわが家の付近では、樹が多いせいか、例年と少しも変わらず、九月にはいった今でも、まだ蟬の声がかまびすしい。坂口安吾が或る短篇で書いたように、昼間は無数の蟬が「もんもんと鳴きしずもる」のである。

サンダルをはいて庭に出てみると、あちこちに蟬の脱け殻がたくさん見つかる。しかしそのなかに、おそらく寒さのせいだろうか、完全に脱皮することができず、殻をかぶった幼虫のすがたのままで、樹の枝にしがみついて死んでいる蟬が、いくつか見つかったのは痛ましかった。

私は、その幼虫のすがたのままで、永遠に羽化するチャンスを失った、あわれな蟬の二、三匹をひろって、サイドテーブルの上に飾っておいた。すると、それらの幼虫はかちかちに固まって、あたかも鼈甲《べっこう》細工のように、つやつやと美しく輝き出したのである。わが家に来訪した女性編集者に見せると、「まあ、きれい。ペンダントにするといいですね」と彼女はいう。たしかに、エジプトのスカラベみたいである。

十年も暗い土の中で生きていて、ついに成虫となることができずに死んだ蟬は、私の目の前で、永遠の幼虫として荘厳《しょうごん》されている。

マヨラナ

マヨラナという植物がある。地中海沿岸からイギリスまで、どこにでも生えているし、古くから香辛料として知られてもいるので、ヨーロッパの文学作品によく出てくる。英語ではマージョラム。マヨラナというのはポルトガル語である。

たまたま春山行夫氏の『花の文化史』に目を通していたら、このマヨラナが、マヨナラと書かれているのに気がついた。じつをいうと、私はもうずいぶん前から、春山氏だけではなく、わが国の多くの文筆家が、とかくマヨラナをマヨナラと誤記することに気がついていたのである。たとえばリルケの『新詩集』のなかの「日時計」と題された詩の一節を、富士川英郎《ひでお》氏は「マヨナラ草やコエンドロの中に／日時計は立って／夏の時間を示している」と訳している。これもマヨナラである。さらに驚くべきは、小学館の百科事典ジャポニカが、はっきりとマヨナラの表記を採用しているということであろう。まさか誤植ではあるまい。

こうなってくると、私は首をひねらざるをえない。いったい日本語では、二つの表記を許しているのであろうか。それとも、なにかの理由で、間違った表記がすっかり一般化してしまったのか。

ここで告白しておくならば、じつは私自身も、かつてはてっきりマヨナラだと信じこんでいたのである。もしかしたら、マヨナラのほうが日本人には馴染みやすい発音なのかもしれない、とも思う。

バビロンの鶯

バグダッドから南へ車を飛ばして、バビロンの廃墟を見に行ったとき、廃墟の近くの美術館の庭で、きれいな声でウグイスが鳴いているのを私は聞いた。ちょっと信じられないが、あの炎熱の砂漠のまんなかにも、ヒマラヤ杉や柳の茂った庭があって、その庭では鳥が鳴いているのである。そのとき私がふと思ったのは、こういう不毛な土地であればこそ、古来、庭というものが必要とされたのではないか、ということだった。

ローマのヴィラ・ジュリアの庭で、ベンチに腰かけてぼんやりしていると、私の足もとを、緑色に光ったものがさっと走りすぎた。なにかと思ってよく見ると、それは生きもので、緑色のトカゲだった。緑色のトカゲなんて、日本では見たこともない。しかし私はローマの庭で、たしかにそれを見たのである。

北フランスのルーアンからカーンまで汽車に乗った時のことである。車窓から眺めると、そのあたりは沼の多い湿地帯のようで、高い樹の枝に、ヤドリギがいっぱい丸くなって付着している。あんなにたくさんのヤドリギを見たのは初めてである。なるほど、昔のケルト人が尊重したのは、これだったのかと私は思った。

断片的な印象ばかりだが、私の記憶のなかでは、こんな動物や植物が、ともすると人間以上に大きな地位を占めている。標本のように、それらのイメージが、ピンで私の心に貼りつけられているからである。

方向痴

方向音痴という言葉はおかしい。こんな日本語があるものか。方向痴でいいじゃないか。私はこれを採用することにしよう。

私の方向痴ときたらはなはだしいもので、いつも横須賀線で東京駅に下車するのだが、ホームの階段を降りて、八重洲口に出ようとすると、足はきまって丸の内方面に向かってしまう。逆に丸の内口に出ようとすると、足は必ず八重洲方面に向かってゆく。どんなに気をつけても、そうなってしまうのだ。それなら自分の思う方向と反対の方向へ足を向ければいいじゃないか、といわれるかもしれないが、それでも駄目で、意識すればするほど、結果は裏目に出てしまうのだから困ったものである。

横須賀線の終電車は十一時五十分だから、それを逃すと、北鎌倉のわが家までタクシーで帰らなければならない。そういう時は大抵お酒を飲んでいるから、第三京浜を突っ走る車のなかで、いい気持に眠ってしまう。運転手がベテランならばよいが、近ごろは、ろくすっぽ道を知らない運転手が多いので、事が面倒になる。「お客さん、起きてくださいよ。藤沢まで来てしまいました」「なに、藤沢だって。ドリームランドの広告塔の前を左に曲がってくれと、あれほどいったのに」「それが、気がつきませんで……」「うーん、おれがいい気持で夢をみているあいだに、現実はドリームランドを通り越してしまったか」

明月谷にて

コジュケイという鳥はおもしろい。朝早く、わが家の庭さきで、咽喉《のんど》も裂けよとばかり、チョットコイ、チョットコイとしきりに鳴いているので、カーテンの隙き間からそっとのぞいてみると、親子が一列になって、ぞろぞろ行進しているのである。どういうわけか、ならんで歩く習性があるらしく、いつも行列している。おかしな連中だ。

戦後ずっと鎌倉の小町に住んでいたが、十数年前から北鎌倉の明月谷に移った。もともと出不精な私だが、近ごろではそれがますます嵩《こう》じて、東京へ出かけるのはせいぜい一カ月に一度か二度である。あとは毎日、家のなかでうろうろしている。寝たい時にいつでも寝られるように、パジャマの上にガウンを引っかけたすがたで、一年三百六十五日を過ごしているのだから、私という男は、衣食住の衣に関するかぎり、まことに経済的な男だと思わざるをえない。

毎日、私は家でなにをしているのか。まあ、本を読んでいるということにしておこう。そんな私の生活なので、「日記から」といわれても、とくに書くべきことはなにもない。四季折々の風物を楽しんではいるにせよ、そんなものを取りたてて筆にする気にもならない。そういう次第で、この「日記から」を書くのに私はずいぶん難渋した。苦心した。案外、私もサービス精神が旺盛なのである。はたして苦心の甲斐があったかどうか。さあ、それは私にはなんともいえない。

〔1980（昭和55）年9月1日〜13日「朝日新聞（夕刊）」初出〕

八〇年ア・ラ・カルト

サルトルと文学賞

終ろうとしている一九八〇年の回顧というテーマをあたえられたが、正直にいって、なにを書いたらいいのか、さっぱり思い浮かばない。芸能界やスポーツ界では、百恵引退、長島解任などといった、すこぶる付きのビッグ・ニュースに事欠かない一年であったが、文学や思想の領域で、それに匹敵するような大きな事件があったろうかと考えると、はて、なにもなかったような気がする。私は困惑して、担当の記者氏に質問した。

「この一年、なにかめぼしい事件がありましたかな」

「そうですね。あまりぱっとしないのですが、たとえば……」

「うん、たとえば」

「文壇的な話題として、今年は各種の文学賞を辞退するひとが現われた……」

「へえ、そうですか。しかし、そういうなまぐさい話は、ぼくの役どころじゃないし、ぜんぜん興味もないですね。ほかには、なにがありますか」

「ほかには、たとえば清水幾太郎さんの防衛論とか改憲論とか……」

「それもいやだね。キナくさい話だ。とても書く気がしません。ほかには」

「サルトルが死んだのも八〇年ですね。これは日本の話じゃないけれども、反響は日本でも大きかったと思います」

「なるほど。サルトルねえ。すっかり忘れていました」

サルトルならば、私にもまんざら縁がないわけではない。このひと、晩年は不遇だったらしく、かつてのように、旺盛な著作活動や論争に明け暮れるという日々ではなくなっていたようだが、まだ彼が第二次大戦後の思想界をリードしていたころには、私もその活躍ぶりに注目していたおぼえがある。いや、おぼえがあるというには、感覚的にあまりにも近い過去の話だ。焦土と化した戦後の日本から、はるかにフランスという国を観測するとき、その望遠鏡の中心には、いつもきまってやぶにらみのサルトルの義眼があったといえばよいだろうか。

今年の四月にサルトルが死んだとき、すでに多くのひとが追悼文や回想を書いていたのを知らないわけではないが、私もこの機会に、死せるサルトルのために一燈をささげようという気になった。

私がサルトルの名前を最初に知ったのは、たしか昭和二十一年ごろ、旧制高校の寮においてである。ニクロム線を用いた電熱器のほかには煖房器具のなにもない部屋で、なまいきな友人が手巻きの煙草を吸いながら、「お前、フランス文学が好きなら、エグジスタンシアリスムってのを知ってるかい」と私にいった。じつは、この友人も、織田作之助の書いたものからサルトルの名前を知ったにすぎなかったのであるが。

サルトルは政治とかかわったために、ずいぶん誤解されやすい立場にみずからを追いこんでしまったが、私の見るところでは、このひとの本質は文人である。なかには、このひとが共産党べったりの文学者であるかのように誤解している連中さえいて、私はあきれたことがあるけれども、サルトルはおそらく初めて、説得力のある文学者の言葉で、エンゲルスの自然弁証法やスターリニズムを完膚なきまでに批判したのである。こういうことは、おぼえておいてよいことだと思う。

イデオロギーの終焉というか価値の多様化というか、一つの時代全体を代表せしめるに足るような、強力な思想が影をひそめるようになると、サルトルは徐々に流行の波から取り残されていった。それとともに、彼の初期の短篇やいくつかのエッセーが、醇乎たるクラシックの輝きをおびてきたように私には思われた。将来、彼は十八世紀におけるディドロのような扱いを受けることになるのではないか、と私はひそかに考えている。

もう一つ、サルトルが七十四歳の生涯を通じて、あらゆる公的な栄誉を受けなかったということを私は強調しておきたい。おそらく、そういう点では古いタイプの潔癖な人間だったのだろう。彼はアカデミーにも入らず、ノーベル賞さえ拒否したのだった。一九八〇年の日本で、つまらない文学賞を辞退するひとが現われたからといって、なにも驚くことは少しもないのである。

やがてどんどん価値が多様化して、文学賞なんてものも、もらうべき作家のほうが選択の自由を楽しめるようになればよいと私は思う。軍人の勲章のように、文学賞も胸にぶらさげるようになればよいと私は思う。これが私の文学賞に関する意見である。

消費社会における物と人間

現代社会の特徴として、価値の多様化とか、多元化とかいうことがよくいわれるが、つらつら考えてみると、ずいぶん馬鹿馬鹿しいことではないかと私は疑っている。

価値とは主観の要求、とくに感情や意志の要求をみたすものだとすれば、なにも八〇年代の今日になって、突如として、人間の主観が多様化したとは考えにくい。昔から潜在的には存在していた要求が、世の中の変化によって、容易に表面に引き出されるようになったにすぎないのではないか。簡単にいえば、人間が贅沢に慣れて、いろいろと要求が多くなったというだけのことではないか。

価値の多様化とは、一方では天ぷらを食いたいというひともあれば、他方では寿司を食いたいというひともある。また中華料理を食いたいというひともあれば、フランス料理を食いたいというひともある。要するに、みんなが勝手気ままなことを口走っている。それだけのことではないか。

戦争中から戦後にかけて、あわれにも物が極端に欠乏していた時代には、私たちはただ、銀シャリをたっぷり食っていればそれで満足だった。その後、やたらに厚いステーキが珍重されて、ステーキといえば、だれでも厚いやつを好むものと信じて疑わない時代もあった。こういう時代には、価値の多様化などという現象は起こりうべくもないであろう。価値の多様化のためには、まず第一に、物が豊富に出まわることが必要だったのである。価値の多様化現象の、それがいわば無視すべからざる土台である。

私は食いもののことを例にしたが、もちろん思想を例にしてもよい。あるいはもっと趣味性の勝った物を例にとれば、このことはさらに明らかになるであろう。

たとえば八〇年に創刊された若者向けの雑誌に『ブルータス』というのがあり、その斬新な編集がおもしろく、かねて私は注目しているのだが、号を追うにしたがって、それが一種のカタログ雑誌、オブジェ雑誌の色彩を急速に強めてきたことに、いささか驚いてもいる。どのページにも、物が氾濫しているのである。これは最近の新人の小説にもいえることで、ぱらぱらとページをめくっただけでも、片仮名の物の名前がいっぱい目にとびこんでくる。私たちは、好むと好まざるとにかかわらず、いまや消費社会の真っ直中に投げこまれていることを痛感せずにはいられなくなる。

「物は人間の必要をみたす場ではなく、象徴的作業の場である」という立場に立つ社会学者ボードリヤールは、物としての物から、記号として消費される物へという方向を押しすすめて、消費社会の発展のなかで生じてきた重要な問題の一つである、物と人間との関係を逆転させた。宇波彰《うなみあきら》氏の解説によれば、「以前は人間が中心にあって、人間の体系に物が適合していたのであるが、いまはその関係が逆転してしまっているのである。物は機能し合理的だが、人間は機能せず不合理になっている。」

ボードリヤールはまた、マルクス主義の理論の根底にある、生産とか労働力とかいう概念の絶対視をやめること、生産・再生産・消費というプロセスのなかでは、生産は単に一つのエピソードにすぎないことを主張してもいる。

それで思い出すのは、六〇年代の初めに私が書いた「生産性の倫理をぶちこわせ」という、なにやら威勢のいいタイトルのエッセーである。それはバタイユとブルトンとニーチェを継ぎはぎにした、いま考えても恥ずかしいような、幼稚きわまるエッセーであったが、それでも私は私なりに、そこで同じ方向を望見していたのではないかと思われる。

なぜなら私はそのエッセーのなかで、生産的労働というマルクス主義的観念の染みついていない、いわば無垢なオブジェを救出しようと躍起になっていたのだから。

しかし二十年たってみると、私のまわりには溢れるばかりにおびただしく物が増殖しており、私はむしろそれらを消費するのに汲々たる有様であって、とても「生産性の倫理をぶちこわせ」どころの騒ぎではなくなった。いや、そんなスローガンはまったく有効性を失って、おのずから無意味なものになってしまったのである。生産性の神話に毒されていない今日の若者には、なんのことやらさっぱり分らないのではあるまいか。

バイロス事件をめぐって

八〇年も押しせまってから、最高裁で『四畳半襖の下張』事件の上告棄却の判決がくだって、ふたたびワイセツ論議が新聞紙上を賑わした。しかし新聞には大きく取りあげられなかったが、この八〇年には『四畳半』事件のほかにもう一つ、表現の自由をめぐる重大な事件があったことを私は指摘しておきたい。すなわちバイロス事件である。

バイロスは、十九世紀末から今世紀にかけて、オーストリアで活躍した画家である。ビアズレーを思わせる白黒の線描で、ロココ風の優雅な宮廷風俗を描くのを得意とした。このバイロスの画集を、フランス文学者生田耕作氏の翻訳編集で、神戸の小さな出版社が刊行したところ、どういうわけか、それが神奈川県警によって押収されたのである。

大方の噂では、お節介な人間が警察に通告したのであろうという。つまり「さされた」わけである。出版社は家宅捜索を受け、刊行者は何日か警察に留置された。こんなことはめずらしい。『チャタレイ』事件の伊藤整氏も、『悪徳の栄え』事件の私も、『四畳半』事件の野坂昭如氏も、決して身柄を拘留されたりはしなかったからだ。

最近になって、この事件は不起訴になったようである。新聞の片隅に小さく出ていたのに、お気づきの読者がいるかもしれない。私の想像するところ、おそらく検察庁が二の足を踏んだのではあるまいか。どう考えても、これは摘発する側の勇み足としかいいようがないからだ。バイロス画集に出ている同じ絵は、これまでにも何度か雑誌や美術書に掲載されたことがあるはずで、その時にはなんの差し障りもなかったのである。

私はここで、声を大にして取り締まり当局の暴挙をいい立てるつもりもないし、相も変らぬワイセツ論議を繰り返すつもりもない。ただ、こういう例を見るにつけても、日本という国はなんという妙な国だろうか、と思わずにはいられないのだ。

ある点から眺めると、日本はセックス産業の先進国なのである。ストリップ、トルコ風呂、キャバレー、ナイトクラブなどといった風俗営業の面から見ても、ポルノ・ショップで売られている性具その他の面から見ても、世界に先がけて、新しい技術をどんどん開発しているのが日本である。日本へくる外国人は、喫茶店でマッチが出てきたり、おしぼりが出てきたりするのを見てびっくりするように、日本独特のサービス満点のセックス産業の実態にふれて、大いに感激したり驚いたりしているのである。

私はパリのポルノ・ショップで、日本から輸入されたとおぼしい性具がならんでいるのを見て、「へえ!」と思ったことがある。ついでだから、ちょっとフランスのことを述べると、ここ数年、パリの出版社からは相継いで、無削除の日本の浮世絵の画集が刊行されている。だんだん印刷もよくなってきているようだ。そのうちには、日本人よりもフランス人のほうが、浮世絵に関する知識が上になってしまうのではないか、と思われるほどである。

まことに日本というのは妙な国で、このように風俗の面では、セックス産業の先進国たることを黙認されているのに、ただ、芸術をふくめた性表現だけが自由化されていないのである。

こうした日本の性文化のアンバランス、ちぐはぐな発達ぶりを眺めると、どうしても私は、日本の黙認された戦力たる自衛隊のことを思わずにはいられなくなる。

憲法には厳然と戦争放棄の条項があるにもかかわらず、だれでも知っているように、日本には自衛隊という、軍隊ならざる軍隊がある。それと同じように、刑法一七五条によってきびしく性表現を規制していながら、風俗の面では、ほとんどこれを野放しにしているのが日本の現状なのだ。表向きはきれいごとをならべて、裏では見て見ぬふりをしているのだ。

いわゆるビニール本がこれほどの発達を見たのも、性器や性毛を表現してはいけないという、規制があったればこそである。その点では、川上宗薫氏や宇能鴻一郎氏の小説も同じであろう。

当局の規制によって、いよいよ裏をかく技術が精妙に発達したのであって、決してその逆ではないのである。どうも私には、持ちつ持たれつの関係があるようにさえ見えて仕方がないのである。

バイロス画集を取り締まろうとするのは、日本の官憲の表向きの意志である。裏も表もない、欧米流の明るいポルノ解禁は、ここ当分、日本では望むべくもないのであろうか。どう考えても、法律だけが遅れているとしかいいようがあるまい。

映画あれこれ

文学や思想の面では、どうもあまりぱっとしない一年だったようだから、スペクタクルについて書こうかと思う。馬齢を重ねるにつれて、めっきり劇場や映画館へ足をはこぶ回数もへったが、それでも自分なりに選択して、見るべきものは見ているという思いがある。どういうものか、今年は気まぐれに文楽や狂言をよく見た。しかしここでは、それよりも映画について書こう。

良くも悪くもいちばん評判になったのは、コッポラの『地獄の黙示録』であろう。賛否両論の批評が出つくしたあとで、いまさら私見を述べるのも気がさす話だけれども、少なくとも私の場合には、何人かの戦中派世代が示したような、あからさまな反感をおぼえるというようなことはなかった。ヘリコプターの場面にしても、おもしろかったとしかいいようがない。東京を灰燼に帰せしめたのは亜成層圏を飛ぶ重爆撃機だったが、いまや低空を飛ぶ昆虫のようなヘリコプターでしか、ジャングルのなかの民衆の抵抗を覆滅させることはできないのである。聞くところによると、アフガニスタンの内戦に介入したソビエト軍も、ヘリコプターを大いに利用しているというではないか。

この映画は、局地における帝国主義の戦争が破綻したことを描いているという点でも、おもしろかったし、戦争のなかのデカダンスを描いているという点でも、おもしろかった。ただし、マーロン・ブランドの出てくる後半はつまらなくて、見るに堪えなかった。あの部分を深読みするひともいるようだが、どう解釈するにしても、つまらないものはつまらないのである。

六月のやけに蒸し暑い日に、東京タワーの下の特設映画館と称する、蒙古の包（パオ）みたいな天幕式の小屋で見た、鈴木清順監督の『ツィゴイネルワイゼン』は絶品であった。近年、私はこんなおもしろい日本映画を見たことがない。

特設映画館は、円屋根の合成樹脂のドームで、密閉されているから内部がおそろしく暑い。客は若い男女の学生がほとんどで、熱気でむんむんしている。ときどき、頭上からぽたりと水滴が落ちてくる。私は銭湯を連想したが、まさか下から熱気が立ちのぼって、水滴になって落ちてくるわけではあるまい。想像するところ、どうやら屋根のくぼみに雨水がたまっていて、それが天幕の破れ目から落ちてくるのであるらしかった。しかしまあ、そんなことはどうでもよい。

『ツィゴイネルワイゼン』は、エピソードをつなげた手法で、筋らしい筋といったものはなく、主要登場人物は四人、男女のカップルが二組である。どこまでが現実で、どこからが夢なのか、分らないような奇怪な作品である。どうしてもフランスのブニュエル監督の作品を思い出さずにはいられない。それにカメラがすばらしく、女の肌のマティエールが美しい。全体にオブジェ感覚とでもいったものが際立っていて、それに大正デカダンスの風俗がよくマッチしているのだ。おそらく、これからの映画の進むべき一つの方向を暗示しているのではないか、と私には思われた。

『ルードウィヒ、神々の黄昏』については、すでに私は別の場所で書いたから、この秋に見て、久々に堪能させられたフェリーニの『カサノバ』に話題を移そう。

この映画もエピソードの連続であり、きらきらしたオブジェがいっぱい出てくる。冒頭のヴェネツィアの場面が暗示しているように、この映画のテーマは仮面だといってもよいかもしれない。カサノバは生涯、仮面をつけて生きた男である。

この映画について、私の友人が素朴な疑問を呈していた。「しかじかの場面で、カサノバと寝るひとりの女が、なぜ急にげらげら笑い出したりするのか」分らないというのである。フェリーニの演出の意図が、日本人である自分には、うまく察知できないというのである。

しかし私にいわせてもらえば、その点では日本の監督による『ツィゴイネルワイゼン』もまったく同様である。『カサノバ』の登場人物のようにテンポの速い、めまぐるしい動きを示したりはしないが、『ツィゴイネルワイゼン』の登場人物もしばしば不可解な行動をする。彼らの心理は乱反射する。私たちが感情移入をする隙はないのである。

むしろ別の面で、おもしろさを発見すればそれでいいのではないか、と私は思う。仮面劇は、優に一つの現代的なテーマたりうるであろう。この映画を仮面劇として見ることで、私は十分に楽しんだのであり、ことさら登場人物の行動や心理に統一を求めたりはしなかったのである。

〔1980（昭和55）年12月10、11、16、17日「東京新聞」初出〕

タランチュラについて

タランチュラという毒蜘蛛がいる。すごい毒蜘蛛で、こいつに噛まれると、その毒の効果によって、人間はどうしても踊り出さないではいられなくなる。男も女も、文字通り、手の舞い足の踏むところを知らず、息を切らし、汗みどろになって、何時間でも踊りつづけなければならないのである。

タランチュラの名は、イタリア南部のプーリア地方の都市、タラントから由来している。長靴のかたちをしたイタリア半島の踵の部分にある、海にのぞんだ古い港町で、昔のギリシアの植民地であり、そのころはタレントゥムと称した。たぶん、毒蜘蛛はこのあたりに多かったのではあるまいか。

私は数年前にタラントへ行って、一晩、薄ぎたないホテルへ泊ったことがあるけれども、幸か不幸か、タランチュラに噛まれるという経験を味わうことはできなかった。これは自慢にもならないことで、私のような人間には、毒蜘蛛も寄りつかなかったのかもしれない。そんな気がする。

ところで、一説によると、タランチュラに嚙まれた人間が踊り出すのは、一種の治療法だともいう。どんな薬もさっぱり効きめがないので、嚙まれた者は、やみくもに手足を動かし、そこらを滅茶苦茶に跳ねまわって、毒の痛みをまぎらわせるよりほかに方法がないというのだ。そして踊っているうちに、身体中から滝のように吹き出す汗とともに、次第に毒が去ってゆくのである。いわば発汗療法だ。だれが発明したのか知らないが、もしこんな治療法があったとすれば、それこそ明らかに民衆の知恵というものであろう。

私は、このタランチュラというのは、一つの比喩ではないかと思っている。タランチュラの毒が原因となって、人間は自然に踊り出すのであろうか。それとも毒を放出させるために、人間は意識して踊り出すのであろうか。タランチュラは踊りの原因であるか。それとも目的であるか。——これが問題であろう。

おそらく人間は、だれでもおのれの肉体のなかに、一匹のタランチュラを飼っているのではないか、というのがそもそも私の基本的な考えなのである。タラントでは敬遠されてしまったけれども、この私だって、例外ではないと思っているのだ。

時として、このタランチュラが、私たちの肉体をしくしく嚙む。すると私たちは踊り出す。踊り出さずにはいられないのだ。しかしながら、この私たちの踊りは、はたしてタランチュラの毒の結果であるか、それとも毒を除き去ろうとする目的に支えられたものか、すでに判然とはしなくなっているのだ。

私たちの勃起や射精という現象も、これにいくらか似ているような気がする。それは内部の欲望の結果として自然に生ずるのか、それとも欲望を処理しようとする私たちの目的意識に支えられて起るのか、どうもはっきりしない。流れ出る汗とともに、奔出するスペルマとともに、私たちはここでもまた、もっぱらタランチュラの毒のごときものを放出しているのではあるまいか。そんな気がしてならないのだ。

最後に私の独断をつけ加えるならば、タランチュラこそ肉体の秘密なのである。

〔1980（昭和55）年9月「幽契」初出〕

空洞化したワイセツ概念

先月の二十八日、最高裁で『四畳半襖の下張』事件の上告棄却の判決が下された。被告の野坂昭如氏も佐藤嘉尚氏も、さぞやうんざりしたことであろうと同情する。私もかつての『悪徳の栄え』事件の被告として、この裁判の成行きには注目してきたが、いまさら腹を立てる気持にもならず、むしろうんざりしたというのが正直なところである。

というのは、最高裁の審理は、いまや完全に現実と切り離された場所で行われている、一種の儀式になっているとしか見えないからである。性表現の自由化は、少なくとも欧米の先進国ではすでに実現ずみであって、この点から見ると、経済大国の日本は文化的に鎖国をしているようにさえ見える。なにも欧米の真似をするばかりが能ではあるまいが、世界的風潮である性表現の自由化を受けいれられないほど、今日の日本人がひよわな民族だとは私には思えないのだ。いや、最高裁の判断にもかかわらず、この日本にも、隠微な形で、自由化の波は滔々と押し寄せているのではないかと私は考える。つい最近、税関はポルノ写真の黒塗りを緩和する方針を打ち出したではないか。いわゆるビニール本の取締まりが行われたのも最近だが、いかに取締まりが強化されようと、販売業者はあの手この手を考えて、当局の裏をかこうと躍起になるであろう。それが現実なのである。

『四畳半』事件のかげにかくれて、大きな話題にはならなかったけれども、今年はもう一つ、表現の自由をめぐる重大な事件があったことを私は指摘しておきたい。神戸の小さな出版社から、生田耕作氏の編集翻訳で刊行された美しい「バイロス画集」が、神奈川県警により押収されたのである。しかし検察庁は自信をなくしたのか、長い猶予期間をおいた末に、とうとうこれを不起訴にすることに決定した。これも私には、世の中の急速な変化に、司法の側がついて行けなくなった証拠のように見える。当局はドジを踏んだのだ。

「最高裁まで争っているうちに、ポルノはきっと解禁されているよ」という野坂氏の予言は、遺憾ながらその通りにはならなかったが、世の中がその方向に進んでいることだけは間違いないであろう。裁判所だけが置き去りにされて、歴史の歯車を逆にまわそうと懸命になっているのだ。

こう考えると、つくづく私には、ワイセツという概念がすでに空洞化しているように見えて仕方がないのである。これは冗談だが、いずれワイセツは稀少価値として、文化財のように保護されなければならなくなるのではないか、と思われるほどである。

いまから十年ばかり前に、私はあるエッセーのなかで、次のように書いた。

「表現の自由、すなわちタブーを緩和せよという進歩的知識人の主張は、社会そのものの動きによって、やがて骨抜きにされてしまうにちがいないのだ。そして私たちは抑圧のない社会で、なんらかの抑圧を求めて苦しまねばならなくなるのは必至なのだ。」

どうもいささか大げさなことを書いたものだと、われながら気恥ずかしくなるが、大筋において、この私の見通しは間違っていなかったのではないかと思う。かりに性表現のタブーを撤廃したところで、私たちの未来に見えているのは、スエーデンや西ドイツを手本とした、灰色の福祉社会のイメージだけだろうと思われるからである。しかし、どうか誤解しないでいただきたいが、私はここで一転して、裁判所側の見解に同調したというわけでは決してないのである。私がいいたいのは、こうである。刑法一七五条は廃止すべきである。ただし、一七五条を廃止したとしても、それで済むというわけではないことを心しておかなければならぬ。「ワイセツ、なぜ悪い」という主張があるが、これも法律に対してしか有効性を発揮しないであろう。人類の歴史とともに始まった羞恥心という感情が、一片の法律の廃止によって雲散霧消するとは、私にはとても信じられないからだ。

たとえば陰毛と書いたとしても、別にだれも文句をいうひとはいないはずなのに、なぜわざわざ外国語を使って、ヘアーなどと書く連中が多いのだろうか。新聞や週刊誌を見てみるがよい。「税関ではヘアーを黒々と塗りつぶす」などと記者たちは書いて、恬《てん》として恥じない。陰毛という言葉、あるいは単に毛という言葉をすら、彼らは使わないのである。おそらく彼らは無意識で、あからさまな言葉を避けるように自己規制しているのではないかと疑われる。

この例を見ても分るように、ワイセツ感情は、あらゆるところに伏在しているといってもよいであろう。陰毛と書かずにヘアーと書く人間は、みずから羞恥心と偏見の持主たることを告白しているのだ。

今日におけるように、安っぽいポルノが街に氾濫し、擬似ワイセツが大手をふってまかり通っていると、私のような人間には、水割りウィスキーのように薄められていない、いわばスコッチのストレートのような、純粋強烈なエロティシズムを味わってみたいという気持が強まってくる。残念ながら、そういう文学作品に私は久しくお目にかかっていないのである。『チャタレイ夫人の恋人』や『悪徳の栄え』がスコッチだったとすれば、さしずめ『四畳半』は灘の生一本でもあろうか。しかし、これもついにまぼろしの酒として、大っぴらには味わえないことになったのだとすれば、いかにも日本文化は貧困たらざるをえぬ。まずい酒ばかり飲まされていたのでは、日本人も浮かばれまい。

〔1980（昭和55）年12月6日「毎日新聞」初出〕

読書生活

浦島伝説と玉手箱

もう数年前のことだが、京都からレンタカーで琵琶湖岸を北上し、安曇《あど》川沿いに朽木を通って若狭の小浜へ抜け、さらに奥丹後まで長駆したことがあった。途中、伊根の先の海岸からちょっと奥へはいったところで、田んぼのなかの宇良神社に寄った。私は浦島伝説が大好きだったからである。松の木のあいだに見え隠れする宇良神社はひっそりとしていて、だれもいなかった。

こんなことを思い出したのは、ごく最近、重松明久氏の『浦島子伝』を読んだからである。『浦島子伝』は現代思潮社の古典文庫のなかの一冊で、丹後風土記、万葉集、古事談から群書類従本や御伽草子本までの浦島伝を、原文に訓読文を添えて掲げ、それに詳細な解説と論考を併せたものだ。おもしろくて、私は一気に読み通した。

とくに「浦島伝説の宗教的背景」という論考がおもしろい。私は前に水野祐氏の浦島伝説研究を読んだことがあるが、それとはやや違って、ここでは中国伝来の神仙思想的背景がクローズアップされている。近年にいたって、日本古代国家の深層に道教的信仰の影響が大きく刻みつけられていることが明らかになってきたが、これも、そういうアプローチの一つと見なしてよいかもしれない。

私のようなアマチュアでも、伴信友の『正卜考』ぐらいには目を通している。ところで重松氏によれば、大和政権の鹿卜信仰に対して、亀卜の信仰は新羅系文化を吸収した出雲神話圏のもので、浦島伝説を創作した陰の立役者は、この亀卜を正統的占術とした祭祀家系としての日置氏であろうという。——こんなふうに、結論だけを切り離して紹介しても仕方がなく、じつは結論にいたるまでの緻密な論証が興味ぶかいのである。

しかし重松氏の論考のハイライトともいうべきは、豊受大神《とようけのおおかみ》を丹後から伊勢に迎えたという古くからの伝承と、浦島伝説とを一つのものとして結びつけている点であろう。丹後から伊勢宇治の地に持ちこまれた、外宮信仰の基礎をなす豊作祈願の神事には、主役として宇治土公《うじとこ》と猿女君《さるめのきみ》とが奉仕する。この二人のコンビが、浦島子と神女との関係の原型ではないか、と重松氏はいうのである。

東南アジアその他の類似の伝説には見られない、わが国の浦島伝説のもっとも独創的なモティーフの一つは、申すまでもなく玉手箱のそれであろう。鎮魂の祭儀で、猿女君は魂匣《たまはこ》を木綿でしっかり縛り、魂の遊離散逸を防止する仕草を行ったのではないか、と重松氏は推理する。そういえば、宇治土公の祖神の猿田彦神が伊勢で漁をしていたという伝承も、つとに私たちは知っているのだ。

私が浦島伝説を好む理由の一つも、じつをいえば、この玉手箱のためなのである。魂匣、つまり魂と箱との関係も、きわめて興味ぶかい。柳田国男がよく引用しているが、伊勢の初代斎宮たる倭姫命《やまとひめのみこと》は、玉虫（魂の虫）のすがたをして箱のなかに現じたのだった。箱は女性性器のシンボルでもあり、また内部が空虚であることによって、そのなかに外来魂を受け入れるべき一つの容器でもあった。箱のシンボリズムという見地から、さらに浦島伝説を考察してみるのもおもしろかろう。

両性具有の夢

少なくとも現下の日本には、両性具有の観念に執着している文学者はあまりいないようである。私はもう二十年前に、三島由紀夫にすすめられて「ヘリオガバルス論」を書き、つい先年も、両性具有願望の裏返しというべき去勢願望を主題とした「閹人《えんじん》あるいは無実のあかし」というエッセーを書いた。これは断じて趣味の問題ではないが、あえて趣味という言葉を使うとすれば、私の生の深層に根ざした、骨がらみになった趣味であろう。

ところで、この私の久しく執着しているテーマを、堂々たる一篇の長篇小説に仕立てた男がフランスにあらわれた。先ごろ邦訳の出た『ポルポリーノ』（三輪秀彦訳、早川書房）の作者ドミニック・フェルナンデスである。私としては感慨を禁じえないものがある。

最後のカストラート（去勢歌手）の回想記という形で、十八世紀のナポリを舞台として展開される物語は、甘美といってもいいほど、嫋々《じょうじょう》たる余韻にみちている。形而上学的な主題を、これだけ芳醇な物語にふくらませた作者の手腕は並み並みではない。十八世紀のナポリといえば、ゲーテの『イタリア紀行』やカザノヴァの『回想録』やサドの『悪徳の栄え』を私は思い出すが、事実、これらに共通した雰囲気があって、カザノヴァやモーツァルトやハミルトン夫人のような実在人物が出てくるところもおもしろい。カウニッツ家の社交界で、自分の名前をトラツォム（モーツァルトの逆読み）と称したり、カストラート礼讃の熱弁をふるったりする少年モーツァルトは、じつに魅力的に描かれていると私は思った。

プラトンの神話に基づいた、非分割の人間への夢を語ってやまないのは、この小説のスポークスマンともいうべき登場人物のひとり、悪魔的な実験家サンセヴェロ王子である。これも実在の人物で、いかにも十八世紀のマッド・サイエンティストたるを思わせるが、その開陳する議論そのものは、あまりにも今日の文化人類学や精神分析学に即《つ》きすぎていて、やや生硬の感をまぬがれない。このあたりが、私にはちょっと惜しいと思われた。どうやら作者の批評家としての顔が出すぎてしまったようだ。

あらずもがなの説明をしておけば、カストラートとは、少年の美声を保つために男性性器を切断された歌手のことである。十七世紀からイタリア・オペラに登場し、十九世紀の初頭にその習慣がなくなった。この小説の語り手も、パトロンの援助により、少年時の名前をあらため、ポルポリーノという芸名を選ばせられて、ナポリの専門の音楽院に入り、歌手としての修業を積むのである。音楽院の仲間にフェリチアーノという美少年がいて、やがてサン・カルロ座で華々しいデビューをするが、最後には狂気のサンセヴェロ王子の実験材料にされて、その肉体をばらばらにされてしまう。

作者は、ほろびてしまった往時のカストラートの流行を描くことによって、現代のユニセックスの文化をも思い出させようとしたかのごとくである。カストラートに対する嗜好は、人間の根源的な欲求のあらわれであることを強調したかったかのごとくである。私も同感である。

東京モダン風俗

前に桑原甲子雄《きねお》の『東京昭和十一年』という写真集が出たときにも、私はすすんでこれを採りあげたが、今度は師岡宏次の『東京モダン』（写真集、朝日ソノラマ）である。まるでこの二冊は一対になっているかのようで、前者が東京下町を中心としているとすれば、後者は山の手にも探索の手をのばして、主として昭和十年代前半のモダン風俗をとらえている。

ページを繰るごとに、はっとするような、なつかしい風俗が出てきて、いくら眺めていても見飽きない。

三島由紀夫は『假面の告白』のなかで、花電車の運転手や地下鉄の切符切りについて述べながら、こう書いた。

「とりわけ、地下鐵の切符切りの場合は、當時地下鐵驛構内に漂つてゐたゴムのやうな薄荷のやうな匂ひが、彼の青い制服の胸に並んだ金釦《きんボタン》と相俟つて、『悲劇的なもの』の聯想《れんそう》を容易に促した。」

思えば、たしかに三島も、東京昭和十年代前半に少年期を過ごした世代のひとりであった。そうでなければ、戦後になって、この「ゴムのやうな薄荷のやうな匂ひ」を記憶のなかで再体験することはできなかったにちがいない。『東京モダン』の七十二ページを眺めて、私はこの奇妙な匂いをふたたび嗅いだような気がしたものだ。

伊東屋のクリスマスセール！　私は父母とともに、頬を上気させながら、雑踏する宵の銀座の舗道を歩き、ここで文房具を買ってもらうのが何よりも嬉しかった。あれは何年のクリスマスだったか、店の前に、大きな鉛筆の飾りつけがしてあったのをおぼえている。

『東京モダン』には、とくに銀座と鎌倉の写真が多いのも、私には嬉しいことだ。これこそ、まさに東京モダン風俗の尖端だったからだ。高速道路ができたために、いまでは無残に破壊され消滅してしまった、あの滑川《なめりがわ》に沿って由比ケ浜へ降りてゆく砂の道が写されている。松林のある砂丘の草むらから、バッタでも飛び出してきそうな感じである。

飯田橋の駅の見えるところに、江戸の武家長屋の名残りだという、瓦屋根の「なんとか会話スクール」というのがあって、その前に小さな三角の原っぱがあり、はだしの子供たちが木にのぼって遊んでいる。女の子は虫でも採っているのだろうか。線路と原っぱのあいだには、昔はどこの鉄道沿線にも必ずあった、黒く焦がした木の柵がある。まったく何でもない風景だが、この昭和十三年のスナップが、いまでは絶対に見られなくなってしまった典型的な東京山の手の風景なのである。

ずらりと並んだ銀座の夜ふけの屋台の写真では、電信柱に花柳病の医院の広告が出ている。少年の私に辞書と親しむことを教えた、この言葉もすでに廃語となったようだ。

ちなみに、昭和十四年四月三十日新訂五百四十版発行と奥付にある金沢庄三郎の『広辞林』には「花柳病――花柳界などにて、男女が不潔の交接によりて伝染する疾患」と解説してある。御念のいった解説で、少年の私ならずとも、鼻じろむ思いを禁じえない。

高山寺展を見る

京都国立博物館で「明恵《みようえ》上人没後七五〇年、高山寺展」というのをやっているという耳よりな話を聞いて、なにはともあれ、あわただしく新幹線に乗りこんだのが六月一日のことだった。昔にくらべると、私もよく気軽にホイホイと旅行に出るようになったもので、京都へ行くのは今年になってからすでに二度目である。最初のときは厳寒のお正月で、念願の常照皇寺の雪景色を眺めようと、風花がちらちら舞っている周山街道に車を走らせたものだった。あれからちょうど半年である。

近ごろでは、衣替えなんていう習慣も曖昧なものになっているが、私にはやはり、六月になって、夏のスーツに初めて腕を通すときの気分がこたえられない。そう、あれから半年たって、天《あめ》が下《した》は今や夏なのである。私は夏のスーツを着て出かけた。

お目あての高山寺展は、じつに期待した以上に内容豊富な展覧会で、鳥獣人物戯画は全四巻がずらりと一堂に展示されていた。それにお馴染みの明恵上人の樹上坐禅像もあったし、文覚上人像もあったし、仏眼仏母像もあったし、春日権現験記もあったし、華厳縁起もあった。「夢の記」も断簡がたくさん出ていて、私たち明恵ファンを堪能させるに十分なものがあったといっておこう。

お馴染みの樹上坐禅像と書いたが、これは明恵関係の本を見れば、必ずといっていいほど出ている名高い絵なのである。ただし、非常に縦長の絵なので、上のほうの部分を思いきってカットしてあることが多い。そのため、梢の付近から明恵を見おろしている栗鼠《りす》のすがたが見られなくなっていることもある。しかし私は今度、ガラス越しにとっくりと眺めて、灰色をした可愛らしい栗鼠のすがたを瞼の裏に焼きつけてきた。ほんとうに可愛らしい栗鼠だった。

この栗鼠のほかにも、明恵さんの動物に対する愛のよく現われている、木造彩色の小犬や狛犬や鹿があった。宝珠形の蒔絵の筥《はこ》にはいった、蘇婆石《そばいし》や鷹島石《たかしまいし》もあった。いずれも明恵さんが手もとに置いて鍾愛《しょうあい》したものである。このような明恵さんの自然愛について思うと、あの鳥獣戯画が高山寺に所蔵されて今日に伝わったのも、いかにもおもしろい暗合だという気がしてくる。それは明恵さんの寺にふさわしいからである。

明恵さんが手もとに置いたオブジェは、どうしてこうも魅力的なのだろうと不思議な気がしてくるほど、たとえば柿の蔕《へた》の形をした茶入れなども、なんでもないものでありながら、奇妙な魅力を発散しているのだ。おそらく、明恵さんはオブジェ感覚の抜群にすぐれたひとだったにちがいない、と私は舌を巻きながら思ったものだ。

展覧会を見た翌日は、久しぶりに栂尾《とがのお》の高山寺を訪れ、それから京都の街を西から東へ突っ切って、比叡山の横川へ行った。元三大師や恵心僧都《えしんそうず》の名前と結びついている横川というところへ、ぜひ一度行ってみたいとかねがね思っていたからである。これには谷崎潤一郎の『少将滋幹の母』や『乳野物語』の影響があるかもしれない。

枝のある椰子の樹

旧の樹は生ひや茂れる
枝はなほ影をやなせる

あまりにも有名な島崎藤村の「椰子の実」の一節だが、考えてみると、たしかにこれはおかしい。そもそも椰子の樹に枝なんてものがあるはずはないからだ。昭和十一年だかに国民歌謡として、大中寅二作曲でラジオから流されて以来、私も折にふれて歌ってきたものだが、まさか、こんな出たらめな歌詞だとは思ってもみなかった。気がつかずに歌っていたのだから世話はない。

奥本大三郎氏の『虫の宇宙誌』を読んでいると、こうした常識の洗い直しとでもいった、おもしろい発見に次々とぶつかる。「虫屋」を自称するこのフランス文学者は、なによりも物に対する生き生きとした情熱を重んじるから、概念によって世界を解釈することをもっとも嫌うのだ。奥本氏が南方熊楠や鷗外に好意を寄せるのは道理というべきで、彼らもまた、一生涯、物に対する生き生きとした情熱をもちつづけたひとだった。

『虫の宇宙誌』はどこから読んでもおもしろく、豊富な引用で私たちを楽しませる。ときどき、きらりと光った著者の発言があって、読者は目を洗われるような思いをする。鷗外と漱石とを比較しているところなんぞは、ことに私を感心させたものであった。

「鷗外はまた病気になっても、薬などを自ら服用する事を好まなかったそうである。このような彼の自然らしさを重んずる思想および確信は、彼が優れた田舎者であった事にも由来する。」

「この優秀な田舎者は二度、外国語を操って暮らす経験をする。一度は東京において、今一度はドイツの都においてである。『青年』の主人公、小泉純一は、初めて出てきた東京で、『小説で読み覚えた東京詞』を使ってみる。一語一語考えてみては口に出す。下宿屋の女中に試してみて、『此返事の無難に出来たのが、心中で嬉しかつた』などという場面がある。」

「鷗外は、自己のたくましさに由来するこの愉快さを、終生失うことがなかった。」

「この点で、自分の育ったところを離れると、とたんに心細くなってしまう、負けん気の割に意気地のない東京者漱石と、鷗外は面白い対照をなす。そしてまた、この二人の自然観というか、自然に対する感覚には絶大な相違がある。」

引用はこのへんでやめるが、奥本氏の発言はいちいち首肯に値するように思われる。私のような東京者には耳の痛い発言だが、しかし、この東京者たることを自覚している人間も、いまでは少数派と考えるよりほかあるまい。ちなみにいえば、私は漱石の全作品中で『坊っちゃん』をもっとも愛する人間だ。

少年時代、私も大島正満の『動物物語』を愛読した記憶がある。同じ著者の『動物奇談』を、奥本氏は戦後の著作であるかのように書いているが、私は戦争中に読んだようにおぼえている。

〔1981（昭和56）年5月〜9月「すばる」初出〕

一頁時評

イカロス・コンプレックス

ハンス・バウマン『イーカロスのつばさ』をおもしろく読んだ。訳者は関楠生《くすお》、岩波書店刊。箱に小学五、六年以上と書いてあるが、よっぽどギリシア神話に関する基礎知識がなければ、はたして小学生に読み通せるかどうかは疑問だと思った。

私は人類の飛行願望というものに関心があるので、その種の文献には目を通すことにしている。ロシアのアレクサンドル・グリーンの『輝く世界』（月刊ペン社）というのも、機械なしに自由に空を飛ぶ男の物語だった。最近では、これは小説ではないが、イギリスの科学史家アレン・アンドルーズの『空飛ぶ機械に賭けた男たち』（草思社）という本が出ている。

バウマンの『イーカロスのつばさ』は、必ずしも飛行願望だけをテーマとしたものではない。

アテーナイとクレータとの政治的対立を背景に、ギリシア神話の複雑な筋をうまく生かして、王や技術者や英雄などを自由に活躍させながら、ダイダロスの子たるイーカロスの魂の発展を描いている。ちょっと教養小説みたいなところもあって、さすがにお国ぶりだなと感心した。

イーカロスもさることながら、ここでは天才的発明家ダイダロスが、魅力的なキャラクターとして登場している。彼はレオナルド・ダ・ヴィンチのように、権力者に取り入っては、おのれの野心を次々に実現しようとする。タロスのような、時代おくれの怪物を頭から軽蔑している。悪魔に魂を売ったかのような、孤独なテクノクラートとでもいおうか。

「彼のような人間は、ヘビが皮をぬぎかえるように、仕える王を変えて、しかも、つねに自分自身に仕えることとしかしない。そういう人間は、冷たいほのおをあげて燃える。そのあとにくるものは氷だ。」

この物語のクライマックスともいうべきは、年貢の少年少女とともに、アテーナイから黒い帆の船でやってきたテーセウスが、迷宮のなかでミーノータウロスを殺すところであろう。その場面は直接には描かれないが、地底のミーノータウロスが荒れ狂い、やがて迷宮が破裂したかと思うような、瀕死の叫び声を発して死ぬと、その声を地上で聞いていたミーノース王は真青になって、ばったり倒れてしまう。このあたり、なかなか迫力がある。

やはり子供向きの本だからだろうか、この『イーカロスのつばさ』には、ミーノース王の不貞の妻、すなわちダイダロスの助力によって牡牛と交わるパーシパエーのことは、まったく出てこない。テーセウスに恋するアリアドネーのことも、あんまり書きこまれていない。主人公がイーカロスなのだから、まあ、それも仕方あるまい。

結局、ここでバウマンがいちばん書きたかったのは、父と子の物語だったのだろうと想像される。父は何とかして自分の技術を子に伝えようと心を砕いているのに、「親の心子知らず」で、夢想家肌の子はさっぱり父の心を理解しない。マキャヴェリストの父を疑ったり、反抗したりする。あげくには、父と違った生き方をしようとして、空から海に落ちて死んでしまう。あとに残るのは父の悲しみだけである。

私は児童文学というものをあまり好まないが、この『イーカロスのつばさ』には、そういう臭味のないのが何よりありがたかった。なお、細部におもしろいところがたくさんあって、最後まで飽きさせない。

回転する円

回転する円環というのは、私のいちばん好きなイメージで、ついこのあいだも私は本誌に、日本の中世の『法華験記』に出てくる、くるくると自然に巻かれる巻物のエピソードを書いたばかりのところである。そういう私であるから、最近、『回転する円のヒストリア』（中村禎里朝日新聞社）という魅力的な題の本が出たのを知ると、さっそく求めて一読におよんだ。古今東西、あらゆる文化の領域に登場する「回転する円」のイメージを、著者は博物誌風に、あるいはカタログ風に、よく集めていると思ったが、この方面の専門家をもって自任する私の目から見ると、まだまだ遺漏がたくさんあり、ずいぶん不満も残った。その点を、次に書いてみよう。

まず第一に、ニーチェに関する言及が一つもないのが、私には大不満である。「存在の車は永遠にまわる」といったニーチェこそ、他の誰よりも円環を渇望していた思想家だったからである。ニーチェの窮極の理想たる舞踏者という観念にも、自己目的で自己生産的でしかありえない「円の回転」というイメージがふくまれていたはずである。車の運動はニーチェにとって、動機や目的のない純粋な遊びなのである。

もちろん、ニーチェがこうした観念をつかむためには、ヘラクレイトスやパルメニデスからの影響があったであろう。プラトンだけでは、ギリシアの円の哲学は不十分である。

DNAの螺旋構造について書くならば、どうしてゲーテの植物変態論について書かなかったのか。これも私には不満である。「めまい」について書くならば、どうしてイスラム教のダルヴィーシュ（旋回舞踏僧）について書かなかったのか。時計の針の右まわりについて書くならば、左まわりの時計があることにも、どうして触れなかったのか。

また輪蔵《りんぞう》について書くならば、ヨーロッパで、これと同じ原理の書見機械を考案した、十六世紀のアゴスティーノ・ラメリについても触れなければ片手落ちではあるまいか。フランセス・イエイツ女史の『記憶術』や『世界劇場』には、ロバート・フラッドやラモン・ルルの同心円の円盤の図がたくさん出てくる。これについても触れる必要がある。ダンテの地獄や円形劇場や、北京の天壇の祈年殿についても触れる必要はないだろうか。

空とぶ円盤は、英語ではフライング・ソーサー、フランス語ではスークープ・ヴォラント、つまり空とぶ茶托である。藤枝静男の『田紳有楽《でんしんゆうらく》』では、丼鉢も「浮かれて空中に浮上し、ブーンブーンと回転しながら部屋を飛びまわりはじめ」る。小説家のすばらしいイメージというべきであろう。

さらに玩具のヨーヨーだとか、理髪店の看板のねじれた棒だとか、古代ギリシアの呪具イユンクスだとかいったものにも触れたら面白かったと思う。

私は前に「ランプの回転」というエッセーのなかで、柳田国男の『遠野物語』に出てくる、幽霊の裾に触れて回転する炭取りだとか、泉鏡花の『草迷宮』に出てくる、やはり自然に回転し出すランプだとかいったものを取りあげ、何によらず物体の回転を愛するという傾向には、エリアーデのいわゆる「中心のシンボリズム」があるのではないか、と述べたことがある。ニーチェの遊びの哲学とともに、この中心軸の愛好ということも、「回転する円」の秘密を解き明かす一つの鍵であろう。

観念小説の伝統

久しぶりに小説というものを読んでみようと思って、ミシェル・トゥルニエの短篇集『赤い小人』(榊原晃三・村上香住子訳　早川書房)をひらいた。私も昔は、よくフランスの新しい小説を追っかけて読んだものであるが、近ごろではとんと御無沙汰である。しかし、このゴンクール賞作家の初めての短篇集だという『赤い小人』は、知的な工夫の跡が見えて、なかなかおもしろかった。

まず第一に気がついたことは、この作者が、寓意のある小説を書こうとしている、ということだ。寓意といっても、神話の寓意が限定されないように、小説の寓意も限定される必要はない。寓意がお気に召さなければ、哲学的なテーマ、あるいは抽象的な観念といってもよい。そういうものから出発して、具体的な物語が展開するのである。

私が知的な工夫の跡といったのは、そのためであって、これがあまりに露骨になれば、作りものめいて、小説としての現実性が稀薄になるのは当然であろう。とくに日本では、そうした知的な操作の透けて見える小説を極端に忌む傾向がある。しかし、さすがにフランスだけあって、観念小説の伝統は今なお脈々と生きているようだ。

簡単にいってしまえば、トゥルニエの短篇は、精神分析理論を骨組みにして、或る神話的状況を現代に再現しようとした小説、と定義することができるかもしれない。こう聞いただけで、顔をしかめるひとが日本には多いことであろう。しかし少なくとも、トゥルニエの短篇は乾からびた観念小説ではないし、読んでもさっぱり分らないような、難解な哲学小説でもない。本人も明言しているように、それらには、むしろ童話の味わいに近いものがあるといえよう。

収録された十四の短篇のなかには、この作者の固定観念になっているらしい、双生児の主題やイニシエーションの主題を扱ったもの、あるいはまた肉体の畸形性をテーマとしたものもあるが、私がいちばんおもしろく読んだのは、寝小便の習慣のあるブルジョワの男の子の、去勢コンプレックスを主題とした一篇「チュピック」であった。これにも精神分析の骨組みがかなり露骨に目立つが、うまく肉づけしてあると思った。また、この作者には、神話に重みを添えるものとしての、子供や動物や肉体器官や排泄物に対する顕著な好みがあるように見受けられた。

父の髭や匂いを本能的に嫌悪する少年チュピックは、しばしば家政婦に連れられて公園に遊びに行くうち、公園の共同便所に異常な興味をもつようになる。少年は婦人用の便所にはいり、しゃがんで用を足すことを好む。彼は男になることを恐怖しているのである。犬の真似をして、通りで片足をあげて小便をして、母に頰を打たれたりする。

公園の中心には迷路がある。しかし、迷路の中心で少年を待っているのは尋常のミノタウロスではなくて、公園のメリーゴーラウンドの管理人の息子、じつは男装した少女である。少女から秘密を明かされ、パンツの下の白いすべすべした腹部と、「口を縦にして笑っているような割れ目」を見せられて、少年は激甚なショックを受ける。このミノタウロスには性器がなかったからだ。

少年はみずからテーセウスとなり、みずからミノタウロスとなって、剃刀で自分の性器を切断すると、共同便所の番人のおばさんに「縮んだ小さな肉塊」を差し出す。

メルヴィル頌《しょう》

たぶん偶然であろうが、ハーマン・メルヴィルの小説二篇が、ほとんど時を同じくして二種類刊行された。一つは岩波文庫の『幽霊船』（原題「ベニート・セレーノ」）。他に一篇「バートルビー」をふくむ。坂下昇訳）であり、もう一つは集英社版世界文学全集の『メルヴィル』（「タイピー」「バートルビー」「ベニートー・セレイノー」の三篇をふくむ。土岐恒二訳）である。

本がますます売れないという時期に、こういう地味な古典物の翻訳が同時に二種類も出るのだから、日本の出版界というのは不思議なものだ。しかし私は年来のメルヴィル・ファンだから、待ってましたとばかり、二冊とも買いこんで、舌なめずりするように、二つの翻訳文を丹念に検討した。とくに私のお目あては、日本語で初めて読む「ベニート・セレーノ」だったのである。

近ごろの外国文学の翻訳はひどいもので、最初の一ページに目を通しただけで、むらむらと腹が立って、ほうり出してしまいたくなるようなものが多いが、坂下訳も土岐訳も、さすがにベテランの翻訳だけあって、私を十分に楽しませてくれた。

「まるでピレネーの山の、どこか暗い絶壁に聳《そび》えたつ僧院が、雷電一過、水おしろいを掃きかけられ、雪じろに洗われたかのようだ。」（坂下訳）

「まるでピレネー山脈のどこかの灰褐色の崖の上に建っているのが見えたりする、雷雨のあとの白亜の僧院のようだった。」（土岐訳）

これだけでも分るように、坂下訳は多分にゴシック小説を意識した、今時にはめずらしい趣味的な、癖のある翻訳である。わざと古めかしい言葉が使ってあったりする。しかし独特のリズム感があって、私には決して読みにくいものではなかった。そこへいくと土岐訳は格調正しく、しかも平明で現代的である。甲乙はつけがたいが、どちらかといえば土岐訳のほうが一般向きだろう。

さて、メルヴィルという作家は、一口にいえば端倪すべからざる作家だ。明らかにゴシック小説の系譜に属するが、もう一方では、バートンとかトマス・ブラウンとかいった、十七世紀の衒学的な、博物誌と奇譚とを混ぜ合わせたような、凝ったスタイルの散文家の影響をも蒙《こうむ》っているのである。その点で、エドガー・ポーとともに、アメリカの作家でありながら、ヨーロッパの作家以上にヨーロッパ的なものを感じさせる。まず第一に私が好きなのも、その点だ。

しかし、そればかりではない。これは私の発見だと思っていたら、ちゃんとボルヘスが指摘しているので、くさったことをおぼえているが、たとえば「バートルビー」のような短篇には、明らかにカフカを予告するものが見られるのだ。

「壁の根方に、奇妙に縮こまって、両膝を引き寄せ、冷たい石に頭をのせたまま、横向きに寝ている、憔悴したバートルビーの姿を見つけた。」（土岐訳）

この何をしようという意志もない、生の徒労感を骨身に徹して知ったかのごとき、法律事務所に勤める孤独な独身者の死に方には、「変身」や「断食芸人」の主人公の死に方を思わせるものがあるではないか。

そういえば、大海洋や船の上を小説の舞台にしても、メルヴィルはつねに壮大な人間性の不条理、あるいは世界の不条理をしか描こうとはしない。「ベニート・セレーノ」も一種の船上の仮面劇で、そこでは人間性の謎は容易に捕捉しがたいのである。

日本のなかのペルシア

シルクロードや西域が一種のブームになっているせいだろうか、最近、日本と古代ペルシア文化との関係を論じた書物が二つ出た。一つは伊藤義教《ぎきょう》『ペルシア文化渡来考』（岩波書店）であり、もう一つは井本英一『古代の日本とイラン』(学生社)である。両書とも、とくにゾロアスター教に叙述の焦点をしぼっていて、それがこれまでの類書にない新しさとなっている。日本の飛鳥時代の文化にゾロアスター教の影響があるのではないか、という説をポピュラーならしめたのは、申すまでもなく松本清張氏である。それだけでも氏の功績は大きいといわねばならぬ。いま、ようやく学者たちの側から、小説家の大胆な仮説を追跡するかのような書物が出はじめたことを、私としては大いに慶びたい。

かつて土居光知《こうち》氏が竹取物語に出てくる宝物の西方起源を論じていたのを、私はなつかしく思い出すが、こんな本が出るようになった現在、日本と古代ペルシア文化との浅からぬ関係は、もはや説話や伝説の範囲を越えて、動かしがたいものとなったかのごとくである。おそらく今後、これを裏づける材料はどんどん出てくることであろう。

綿密な論証の書である『ペルシア文化渡来考』を私は興味ぶかく読んだが、そのなかでも、私がいちばん驚かされたのは、二月堂のお水取りの前に行われる「送水の神事」によって名高い、あの若狭の遠敷《おにゅう》の地名が、イランの女神アナーヒードから由来しているのではないか、という著者の説にぶつかった時だった。私は文字通り、びっくり仰天したのである。

私はただちに、かつて愛読したことのあるジャン・プシルスキーの名著『大女神』を思い出さないわけにはいかなかった。ここには、アナーヒードが古くはアナーヒターであり、アナーヒターはギリシア人のアナイティス、あるいはリディアのアルテミスと同じ大地母神だということが述べられていたのである。アプロディテーも、アプロとディテーとに分解すれば、ディテーは明らかに大地母神の名前にほかならない。

「それに、このお水取りは観音との関係が深く、またその観音はアナーヒード＝アナーヒターと多くの要素を共有しているから、ある意味ではお水取りは修二会《しゅにえ》の眼目の一つではないかと思われる」と著者は書いている。変成男子として菩薩になった観音の前身が大地母神であることは、いまさら私が説明するまでもないであろう。

遠敷の鵜の瀬から奈良の二月堂前の若狭井にいたる、直線距離にして九〇キロもある地下の水流は、もちろん架空のものだが、著者によればカナートであろうという。カナートとは、地下にトンネルを掘って水を送る施設のことである。

私はいまから三年前、丹波丹後地方を車で旅行したとき、小浜から若狭神宮寺を見に行き、その帰りに遠敷川の上流をさかのぼって、白石の鵜の瀬を探訪したことがあった。さかのぼるにつれて、谷はいよいよ狭く深くなり、山の斜面には黄色い山吹が群をなして咲いていた。若狭にはとりわけ山吹が多いのである。谷川にも黄色い花が散っていた。

鵜の瀬は、道のすぐ横に鳥居が一つあるだけで、べつに何の変哲もない谷川の急流であった。巨岩がごろごろしていて、水が青くよどんでいる部分もある。私はその谷川を眺めながら、しきりにペルシアのことを考えていた。「狭い特殊のなかに跼蹐《きょくせき》しているのはもうたくさんだ、ひろびろとした普遍性のなかで日本を見直そう」と心のなかで呟きながら。

楽しい悪循環

だいぶ前に出た本だが、パトリック・ヒューズとジョージ・ブレヒトの共著による『パラドクスの匣』(柳瀬尚紀訳 朝日出版社)という本がある。古今東西のパラドクスの例を集めたアンソロジーで、哲学や文学や科学の世界のパラドクスだけでなく、絵や写真の世界に登場するパラドクスも併せて紹介されているところが、まあ味噌といえば味噌といえるであろう。

かつて朝日新聞の家庭欄に「遊びの博物誌」というコラムを連載していた坂根厳夫氏に教えられて、私はこの訳本の原書に興味をもつようになったのである。薄っぺらな本である。『パラドクスの匣』は、原題を「悪循環と無限」Vicious Circles and Infinityという。

悪循環といえば、私はピエール・クロソウスキーの『ニーチェと悪循環』を思い出すが、こちらはフランス語だからCercle Vicieuxだ。どうもクロソウスキーの本はむずかしくて、私はこれを精読しているとはいいかねるが、かねがね「いい題だな。いかにもニーチェにふさわしいな」と思っていたので、悪循環といえばすぐにクロソウスキーを思い出すことになるのである。

悪循環、すなわち文字通りに訳せば「悪徳の円環」であり、循環論証ともディアレーレとも呼ばれる。論点先取りの虚偽であり、論証すべき結論を、前提の一部とするような論証である。

ソクラテス以前の哲学者、とくにエレアのゼノンとかクレタのエピメニデスとかいった連中は、こういうパラドクスが大好きだった。じつは何をかくそう、私も大好きなのである。

現代の文学者のなかで、このパラドクス好きを求めるとすれば、まず第一に指を屈しなければならないのはボルヘスであろう。私は前に、ボルヘスの短篇小説の原理は要するにエレアのゼノンだ、ということを指摘したことがある。もうひとり、十八世紀ドイツのアフォリズム作家で、気違いじみたパラドクス好きがいるのを忘れてはなるまい。アンドレ・ブルトンが『黒いユーモア選集』のなかに採りあげている、ルイス・キャロルと同じく牧師の子であったゲオルク・クリストフ・リヒテンベルクだ。この『パラドクスの匣』のなかにも、リヒテンベルクの箴言はいくつか採りあげられているようだ。

リヒテンベルクの箴言で、この本に出ていないやつを一つ、次に私が御紹介しておきたい。

「伝染性健康。」

たった二つの単語で、パラドクスが組み立てられている。文章になっていないから、アフォリズムといえるかどうか疑問だが、とにかく面白い。世界最短のパラドクスではないかと思うのだが、どんなものだろうか。

勝手なことばかり書いて、肝心の本について少しも述べていないことに気がついたが、この『パラドクスの匣』は、堅苦しい論理学の本というよりも、むしろ軽い感じの読み物で、しかもアンソロジーの形式になっているから、どこからでも読み出すことができる。気ままにページをひらいて、論理の曲芸を楽しめばよいので、べつに私がどうのこうのいうことはないのだ。マグリットやエッシャーの図版もはいっていて、これはイメージのパラドクス、あるいは視覚のパラドクスというべきだろうか。

ぱらぱらとページをめくっているうちに、これまた恐ろしく短いパラドクスが出ているのに気がついたので、それを最後に掲げておこう。

「自発的になれ!」

未来のセックス

『究極のSF』という魅力的な題名に釣られて、ファーマン&マルツバーグ編のSF短篇アンソロジー(創元推理文庫)を読んでみたが、期待したほどのものはなかった。私はどうやらSFというジャンルに無いものねだりをしているようで、いつも裏切られてばかりいる。

編者によると、SFはおそらく「一ダースほどの古典的テーマの上に腰をすえており、それらのテーマのいろいろな順列組合わせとたたみこみが、このジャンルの大半の作品の基礎をなしている」という。いわばチェスの基本定石と同じように、水際立った応用であざやかな勝利に結びつくこともあるし、その反対に、凡手の手にかかれば惨澹たる失敗に終るのである。しかし忘れてならないことは、無限や不条理や永遠の感覚、すなわち詩と形而上学に突き抜ける穴が、どこかに必ずあいていなければならないということであろう。この最後の部分は私の意見であるけれども。

十八世紀の哲学小説の進化したようなもの、あるいはピエール・ルイスやマルセル・シュオッブの小説の現代版のようなもの、そんな種類のSF作品を私は求めているのだが、残念ながら、なかなかお目にかかることができないでいる現状だ。

この『究極のSF』では、それぞれ基本的なテーマをあたえられて、当代一流の十三人の作家たちが競作しているわけであるが、その全部を読む気にはとても私はなれなかった。まず私が食指の動くのを感じたのは「未来のセックス」というテーマである。

ジョアンナ・ラスという女流が「わたしは古い女」という作品を書いているが、これが意外におもしろい。ちょっとしたSFポルノといったところで、思わず微笑を誘われる。作者がそれぞれ「あとがき」をつけているのも新機軸で、この「あとがき」と併せて読むと、さらにおもしろい。それによると、彼女はこの作品のなかで、美しい「機械仕掛けの男性の代用品」、いわば「睾丸を持った《プレイボーイ》のバニーガール」を描きたかったのだという。「役割りの逆転ということ」を描きたかったのだという。なるほど、と私はうなずく。この作者にはウーマン・リブの傾向があるらしい。

この「未来のセックス」というテーマには、もう一つ作品があって、それがハーラン・エリスンの「キャットマン」だ。これは男性作家の作である。「あとがき」によると、ホモもレズも近親相姦も、その他のいわゆる性的倒錯も、ことごとく今日の目で見ると陳腐なので、彼は思い悩んだ末に、ついに「人間と機械の性交」というアイディアを発見して、膝を叩いたのだそうである。お慰みまでに、一部分を御紹介しよう。

「彼は機械の金属の表面に俯《うつぶ》せになり、手足を大きく拡げて、待ち焦がれるその肌に頬を押しつけた。情欲に喘ぐコンピュータの期待が伝わって来た。」

「そして、彼は両腿の筋肉を収縮させ、スイッチを入れた。」

「たちどころに、機械の金属の肌は軟化した。彼は自分がコンピュータの表面に沈んでいくのを感じた。」

馬鹿馬鹿しいから、このへんで引用はやめることにするが、人間と機械の性交という魅力的なテーマにおいても、どうやらアポリネールやアルフレッド・ジャリの域にまで達しているSF作家は、いままでのところ見あたらないようである。

謎の病気を追って

先日、某日刊新聞に掲載された某人類学者の論文（たしか映画論だったと思う）を読んでいたら、その同じ一つの短い論文のなかに、パラダイムという言葉が五回にわたって出てきたので、腹をかかえて笑ってしまったことがあった。知的という言葉は四回も出てきたようにおぼえている。

あんまりおかしかったので、私は女房に新聞を見せて、

「おい、おもしろいぞ。この記事を読んでごらん。パラダイムが五回だぞ。」

すると女房がいうには、

「パラダイムってなによ。ああ、分った。パラダイスの誤植でしょ。」

私はますます愉快になって、新聞をほうり出して大笑いしたものである。

まあ、そんなことはどうでもよろしいが、このパラダイムだとか知的だとかいったような言葉を流行させるのに大いに貢献したのが、いまはなき超高級思想雑誌「エピステーメー」であろう。この「エピステーメー」の難解さにも、私はつくづく怖気をふるったもので、熱心な編集者N氏のすすめにもかかわらず、ついに一度もそこには執筆することなく終ったのだった。

しかし私は、N氏の編集者としての才能には十分に敬意を表しているつもりなので、前にもこの欄で、エピステーメー叢書の一冊として出た『パラドクスの匣』について触れた。

ここにふたたび採りあげたいと思うのは、同じ叢書中の植島啓司『男が女になる病気』(朝日出版社)である。

かつて黒海の北岸のステップ地帯に最古の騎馬民族とされるスキュタイ人が住んでおり、彼

らのなかに奇妙な病気に罹る者があると伝えられてきた。すなわち男が女になるという奇病である。この病気については古代ギリシア人もよく知っていて、ヘロドトス、アリストテレス、ヒポクラテスなどが報告している。しかし、この病気に関する解釈はそれぞれに違っていて、真相は謎につつまれたままの状態である。

スキュタイ人は、この病気に罹った者をエナレスと呼んでいたらしい。この本の著者は、このふしぎなエナレスの謎を追って、東から西にいたる民俗、医学、セクソロジー、心理学、宗教学、古典学などの諸領域を自在に飛びまわり、「事実とそれを捉える精神の働きとの間を機織りの杼《ひ》のように幾度も往復しつつ、ひとつの想像力のテクスチュア(織物)を織りあげ」たのである。

へんな言い方だが、私はこの本を読んでいるあいだ、なにか推理小説を読んでいるような楽しいスリルを感じていた。著者は仮説を次々に提出しては、名探偵の消去法のように、それをどんどん消してゆく。時には本筋を離れて道草を食うことをも、あえて辞さない。いや、この道草のように見えるモティーフが、テクスチュアの上におもしろい模様を描き出すのであってみれば、著者は必ずしも結論を出すことのみを目的としているのではなく、むしろ好んで道草を食いながら、結論にいたる道程そのものを楽しんでいるのではないか、とも思われてくるのである。

この著者は私より二十歳近くも若いひとだが、こういう特殊なテーマを扱うのに必要な内外の文献によく目を通していて、したたか感心させられた。パラダイムを連発されれば閉口するしかないが、そういう硬直した精神とは無縁のひとと見受けられた。

川崎長太郎や吉行淳之介の使うようなヴォキャブラリだけを用いて、人類学のエッセーを書くのは無理かもしれないが、もしもそういう離れ技を演ずるひとが出てきたら、私はそのひとを文句なしに尊敬するだろう。

物語は不可能か

最近、小説ぎらいの私を喜ばせるに足るような小説が、相前後して三つ出た。こんなことはめずらしい。ジョン・バースの『キマイラ』（国重純二訳　新潮社）とイタロ・カルヴィーノの『宿命の交わる城』（河島英昭訳　講談社）とマルグリット・ユルスナールの『東方綺譚』（多田智満子訳　白水社）である。

ユルスナールは別格だが、あとの二人は、物語というものが不可能になっていることを実感している世代なので、その作品に構造上あるいは形式上の、いろいろな工夫が凝らしてある。その工夫の跡を見るのが私たちにとっては楽しみなので、どうも小説を読むという本来の楽しみからはずれた、倒錯的な楽しみを味わっているような気がしないでもないが、これは現代の私たちすべてが、そういう状況に追いこまれてしまっているのだから仕方があるまい。

ジョン・バースは、いままで私にとっては、その饒舌ぶりが取っつきにくくて敬遠することの多かった作家であるが、この『キマイラ』で認識を新たにした。三つの中篇をあつめたものだが、せめてこのくらい長くもなく短くもない作品でなければ、そのスタイルを肌理《きめ》細かに味わうわけにはいかないのだ。最初の「ドニヤザード姫物語」は前に雑誌「海」で読んだが、もう一度読みかえしてみて、はからずもエドガー・ポーの短篇「シェヘラザーデの千二夜の物語」を思い出した。私は、このポーの短篇が大好きなのである。

ポーは無手勝流で楽々と、メビウスの輪のようなすばらしい物語を書いている。それにくらべると、バースもカルヴィーノも、小手先の芸で苦心惨澹しているところが、読んでいて、なんとも気の毒なような気がしてくる。

カルヴィーノは、現代の世界の中堅作家のなかで、私にはもっとも好感のもてる作家である。『まっぷたつの子爵』から『レ・コスミコミケ』まで、その邦訳された作品もほとんど読んでいる。大天才ではなく、適当に頭がよくて、適当に実験的で、適当に欠点のある作品を書いているところも、好感のもてる理由の一つである。しかし『宿命の交わる城』は、前作『見えない都市』ほどには出来がよくないと思った。

さて、こうしてバースを読み、カルヴィーノを読み、いいかげん当方の頭がこんぐらがってから、最後にユルスナールの『東方綺譚』にたどりつくと、私はほっと救われたような気分になる。この七十七歳の女流は、まだ物語というものを信じているからであろう。

たしかなデッサン力で、余計な描写は一切はぶきながら、男や女の情念をぐいぐいと簡潔に造形してゆくところは、ちょっとメリメの短篇を思わせる。といっても、この九篇の短篇の成立する舞台はスペインではなくて、主として真昼の幽霊の出るギリシア、あるいはバルカン諸国なのだ。バルカン伝説集といった趣きのある「マルコの微笑」「死者の乳」「ネーレイデスに恋した男」「燕の聖母」「寡婦アフロディシア」などが、とりわけ秀逸であると私は思った。

バースとカルヴィーノとに共通した関心は、小説の根源に横たわる枠物語ということの意味であった。枠物語には私も大いに関心があるが、作家がこれに対してあまり神経質な配慮を見せすぎると、次第にわずらわしく、息苦しいような気分になってくるのを如何ともしがたい。枠が取っぱらわれたところで、かえって自由な空気が吸えるような気がしてくるのだ。たまたま読んだ順序がバース、カルヴィーノ、ユルスナールの順だったので、私は最後に深海から浮上し、潜水服をぬいだような気分になったものであった。物語は不可能か、とあらためて問いたいような気持である。

独断と偏見

オットー・ヴァイニンガーの『性と性格』(竹内章訳　村松書館)といえば、一時は大いに流行したものであるが、今日ではほぼ完全に忘れ去られ、独断と偏見にみちた著者は時代おくれの思想家と見なされている。そういう意味では、奇しくも著者と同年に生まれた、あの『西洋の没落』のシュペングラーと似ているような気がする。

私の知るかぎり、第二次大戦後になって、ヴァイニンガーの思想をまともに採りあげて論じたのは、イタリアの奇矯なオカルト哲学者ユリウス・エヴォラ男爵のみである。エヴォラの名著『性の形而上学』（一九五六年に仏訳された）には、『性と性格』からの引用が随所に見つかる。

シモーヌ・ド・ボーヴォワールは『第二の性』のなかで、ヴァイニンガーについて一言半句もふれていないが、私にはこれが非常に不満である。ぜひとも彼女には『性と性格』を完膚なきまでに打ちのめしてもらいたかった、と今でも残念に思っている。もっとも、彼女ぐらいの頭の程度では、それはとても無理かもしれないとも思う。

わざわざ説明するまでもあるまいが、初心の読者もいることと思うから書いておくと、ヴァイニンガーの『性と性格』は、徹底した女性劣等論なのである。この書を刊行してから五カ月後に、わずか二十三歳で著者がピストル自殺したことも、その評判を高めるのに与って力あったことと思われる。日本では、これまで何種類か抄訳の出たことがあるが、完訳はたぶん初めてではないだろうか。この機会に、物好きな訳者と出版者とを顕彰しておきたい。

ヴァイニンガーには、もともとショーペンハウアー流の独我論に赴く傾向があったのではないか、と私はひそかに考えている。彼は女性を痛烈に批判しているが、じつは女性は仮想敵にすぎず、彼にとって真の敵は、ユダヤ人である自分をふくめた人類そのものではなかったか、という気が私にはする。ヴァイニンガー独特のアフォリズムふうの文章を次に引用しておこう。

「女性の意味は、意味のない点にある。女性は無を代表し、神の対極を代表し、人類におけるもうひとつの可能性を代表する。だから、女性化した男性ほど見下げはてたものはなく、愚鈍で残忍な犯罪者より始末がわるい。男性の女性に対する深い恐れの気持もこれでわかる。それは無意味に対する恐れであり、無の深淵にひき込まれることに対する恐れである。」

「女性の性的受動性についてはどうだろう。男根の肯定も非道徳的である。男根は古来もっとも醜いものと見なされ、常にサタンとの関連において考えられてきた。ダンテの地獄の中心（地球の中心）をつくっていたのも悪魔の陽物である。」

「女性に対する男性の絶対的支配力はそれによって説明できる。女性の存在と意味は男性の性によって決定される。女性の存在と意味は男根と切っても切れない関係にある。男根は女性の最高の主人であり、絶対の命令者である。性に成り切った男性は女性の運命となる。あのドン・ファンは女性を徹底して支配し震え上がらせた典型的な男性である。」

独断と偏見も、人類学的な見地から見れば価値のある場合があるということを、ヴァイニンガーの『性と性格』は教えてくれる。そもそも独断と偏見のまったくない思想の書なんてものがありうるだろうか。あったとしても、そんなものを読む意味がどこにあるだろうか、——というのが私自身のいつわりない独断と偏見なのである。

無垢な想像力

もう二十年近くも前のことだが、私はレーモン・ルーセルの『ロクス・ソルス』を翻訳しようと意気ごんでいたことがある。しかし結局、それが実現を見ずに終ったのは、決してルーセルの文章が難解だという理由のためではなかった。難解というよりも、むしろ細部が途方もなく精密で、複雑な機械のように有機的に連結し合った構造なので、それを一つ一つ解きほぐしてゆくのがどうにも面倒くさく、ついに諦めて放棄してしまったためである。読むだけで満足していればいいじゃないか、と私は思ったものだ。

その自分のささやかな経験を思うにつけても、このたびの『アフリカの印象』(岡谷公二訳白水社)の翻訳は、さぞや大変であったろうと推察する。訳者はひたすら正確を心がけ、明晰な日本語に置き代えることを心がけたように見受けられる。それは可能なかぎり成功していて、私たちは日本語によっても十分に、この奇妙なルーセルの言語世界で遊ぶことができるようになった。

小説と呼ぶ以外に呼びようはあるまいが、このルーセルの築きあげた言語世界は、なんとも奇妙なものである。子供が玩具箱をひっくり返し、がらくたを積みあげて、わけの分らぬ複雑なオブジェをつくったようなものだ。このオブジェには、隠されたなんの意味もない。ただ作者の無償の、無垢の想像力が組み立てただけのものである。ルーセルの小説にはメタフィジックもなければ、おそらくポエジーすらもないであろう。それでいて、こんな面白い小説は読んだことがないと断言し得るほど、その精緻をきわめた描写の一つ一つに私は心を惹かれる。それが不思議である。

私はミシェル・フーコーのように、このルーセルの小説世界を、やれディスクールがどうの、やれプロセデがどうのと論ずる気にはとてもなれない。第一、私にそんなことができるはずもない。私はただ、一切の現実を拒否した、この純粋無垢な想像力の組み立てた、なんの役にも立たない精密機械のような作品を前にして、溜息をついていることしかできないのである。

ルーセルはランボーもアポリネールも読んだことがなく、ジュール・ヴェルヌをもっとも尊敬していたというが、たしかにヴェルヌの子供っぽいメカニズム愛好は、ルーセルに一脈通じるところがあるような気がする。現実には存在しない機械やら動植物やら、さては想像上の地誌やらに熱中する彼らの精神は、小説家の精神というよりも、いっそ科学者の精神に近いのではないかと思わせるようなところがある。文字通り、マッド・サイエンティストというべきだろう。

独楽《こま》が無心に回転しているのを見るとき、私は言おうようない快感をおぼえるが、ルーセルの細密描写を読みながら私の感じる快感は、ちょっとそれに近いものだ。もっとも、独楽には知性というものがないから、この私の比喩は完全とはいいがたい。知性をもった独楽がやみくもに回転するとすれば、ルーセルの小説のごとき効果を生み出すだろうか。

小説とは、小説家の人間的関心の上に成立するところの芸術上の一ジャンルであろう。人間的関心を完全に締め出した小説は、極度に知的人工的なポーの物語のようなものを除いては、おいそれとは私の心に思い浮かばない。ルーセルの小説は、そういった意味で、明らかにポーの物語の系列に属しているといえる。ミシェル・カルージュがこれを「独身者の機械」と称したのは、さすがに言い得て妙である。

現代の博物誌家たち

近ごろでは博識の値打も大いに下落して、孫引をずらずら並べるだけでも、いっぱし博識家の顔をしていられるのだから気楽なものだ。しかしそもそも学問研究においては、どんな小さな分野を扱うにせよ、原典にあたるということが大事なのは申すまでもあるまい。

『香談・東と西』のあとがきで、香料史研究家の山田憲太郎氏は次のように述べている。「歴史上の事実については十二分の確信を持っている。いちいち原拠をあげるような野暮なことはしていないが、お尋ねを受ければいつでもお答えできる。直接原典と原資料にもとづいているから。」
昭和十七年に処女作『東亜香料史』を出して以来、資料の博捜を怠らず、五十年近くを香料史研究一筋に過してきたひとだけに、山田氏は大へんな自信家で、いつもこんな断言をあえてして憚らない。しかし私は氏の名著『香料博物事典』や『東西香薬史』をはじめとして、法政大学出版局から出た最近作の『香薬東西』までを、つねづね愛読しているから、氏の断言が掛値のないものであることをよく知っている。

法政大学出版局といえば、近年、ここから次々に出ている金関丈夫《かなせきたけお》氏のエッセーをまとめたシリーズも、私にとっては無限の滋味だ。快著『木馬と石牛』に驚嘆して以来、私は氏のエッセーのおもしろさに目をひらかされた人間であるが、博識という言葉は、このひとのためにあるのではないかという気がするほどで、その文芸百般にわたる博物誌的考究は、『文芸博物誌』や『孤燈の夢』から最新刊の『長屋大学』にいたるまで、まさに汲めども尽きぬ滋味である。

金関氏の人類学研究や弥生時代人研究の上の業績について、私は語る資格を有さないが、氏のエッセーにおいて、私をいつも喜ばせるのは、この碩学が、すぐれた博物誌家の例にもれず、無名のもの、小さなもの、また時には猥雑なものにまで注ぐ好奇の目である。どうしても南方熊楠を思い出さずにはいられなくなる。それが楽しい。楽しくない学問研究なんて、どこの世界にあるものか、という気がしてくるほどである。

もうこの連載も最後だから、私が書きたいと思っているひとや本のことは、忘れずに書いてしまおう。

現代の博物誌家として、かねて私が注目しているひとに、大著『日本的自然観の研究』（八坂書房）の著者斎藤正二氏がいる。氏の名前を最初に知ったのはクセジュ文庫『仮面の民俗学』の訳者としてであり、その明快な訳文に私は感心したものであった。それから雑誌「草月」に連載された斬新な花伝書研究を愛読しているうちに、やがて、その研究をも含んだ前述の大著が出た。その前には、また『日本人と植物・動物』（雪華社）なども出ている。

いわゆる伝統的な日本の自然観と称せられているものを、斎藤氏はまるで親の仇でもあるかのように、豊富な原典からの引用によって、片っぱしから木端微塵に粉砕する。私はもとより無批判な日本の自然美礼讃論者ではないつもりだけれども、この斎藤氏の鋭鋒のおよぶところを見ていると、時として、うんざりすることがあるほどである。しかし、やるならば徹底的にやらなければいけないのはもちろんで、私は氏のめざす方向を最終的には是とせざるをえない。そんな両極性反応をこちらに呼び起すほど、氏の立論はラディカルなのである。アンチ博物誌とでも呼べばよいだろうか。

〔1980（昭和55）年1月～12月「文藝」初出〕

私と推理小説――情熱あるいは中毒

いまから二十年前、すなわち昭和三十五年から三十六年にかけて、私は日本読書新聞に五カ月間、推理小説月旦という連載記事を書いていた。ちょうど戦後何回目かの推理小説ブームにあたっていたので、記憶に残る作品が多々あり、まず時評家としては幸運だったと思う。たとえば結城昌治氏や笹沢左保氏が新人としてデビューしたのが、まさしく昭和三十五年だったのである。私は御両所の初期作品、すなわち『長い長い眠り』と『人喰い』とを好意的に批評している。松本清張氏の『日本の黒い霧』や水上勉氏の『うつぼの筐舟』、『火の笛』、『爪』、それに都筑道夫氏の最初の長篇『やぶにらみの時計』なども採りあげている。

外国の作家ではニコラス・ブレイク、カーター・ブラウン、ダシェル・ハメット、F・デュレンマット、ヘンリー・スレッサー、ヒラリ・ウォー、ハドリー・チェイス、ロス・マクドナルド、カトリーヌ・アルレー、それに早川書房の異色作家短篇集のロアルド・ダールやスタンリー・エリンなどを採りあげている。

考えてみると、そのころは私もよく推理小説を読んだものである。なにしろ月評をやっていたので、各出版社から毎月、どさっと新刊書が送られてくるのを、得たり賢しと片っぱしから読みとばした。一時、カトリーヌ・アルレーを贔屓にして、新刊が出るたびに必ず読んでいたこともある。もはや記憶も薄れかけているが、たしかエドマンド・クリスピンの『消えた玩具屋』という作品が、すてきにおもしろく、大笑いしながら読んだこともおぼえている。

もっと古い話をするとすれば、私は名探偵のキャラクターとしては、ネロ・ウルフのそれがいたく気に入っていたので、レックス・スタウトの作品もかなり読んでいるほうではないかと思う。

しかし現在では、わざわざ求めてまで推理小説を読むという情熱を、私はとうに失くしてしまった。もともと謎解きの本格推理というのがあまり好きではなく、どちらかといえば変格、それも怪奇やサスペンスや「奇妙な味」のほうに食指が動く性質だったので、一通り読んでしまうと、もう飽きてしまったのだ。だから現在では、ほとんど読んでいない。むしろSFに将来性を認めたい気持になっている。

ポーの短篇ならば何度でも読み返すが、やはりどうも、推理小説は私の場合、一度読んでしまったら、もう二度と読み返す気にはならない。考えてみると、そういう作品を書こうという情熱もふしぎなものだし、読もうという情熱もふしぎなものである。推理小説に耽溺《たんでき》して、次から次と新作を読まずにはいられないような状態は、やはり一種の中毒なのではあるまいか。

〔1980（昭和55）年8月「中央公論臨時増刊・推理小説特集」初出〕

クレタ島の蝸牛

今年の夏は、ギリシアのクレタ島にあそんだ。

クレタ島といえば、いかにも小さな島みたいな印象をもつひとがいるかもしれないが、アテネから飛行機でイラクリオンの空港に着き、そのままホテルに直行してしまうと、島に来たという感じはまったくしない。なにしろクレタ島は、やたら東西に細長く延びていて、面積はずっと小さいけれども、長さは日本の四国と同じくらいなのである。つまり想像以上に広いのである。

私が泊ったアストリア・ホテルの前の広場には、若い連中がいっぱい群れていて、あたかも往年の湘南海岸のごとくであった。この島を訪れる若い連中の大半は海水浴が目的で、私たちのようにクノッソス宮殿が目的ではないらしかった。

アストリア・ホテルはクレタ第一のホテルだが、ちっとも豪華ではなく、中庭に面した部屋はひどく暑い。冷房がないのだ。こんなところがギリシアらしさなのである。

翌日には、私たちはさっそくお目あてのクノッソス宮殿跡をめざした。音に聞くミノス王の迷宮である。

オリーヴや葡萄の樹の生えたいくつかの丘陵に取り巻かれた、小さな丘がクノッソス宮殿跡で、まわりの丘陵よりやや低いので、ここは盆地状に見える。炎天下では恐ろしく暑いので、私は用心ぶかく麦藁帽子をかぶってきたが、丘の上に立つと涼しい風が吹いてきて、帽子を風に飛ばされそうになったりする。

入り口の切符売場から入ってすぐのところに、遺跡の発掘者アーサー・エヴァンズ卿の胸像がある。丘の上には主として松の樹が生え、どの松にも、おびただしい数の松ぼくりがついている。こんなにたくさん松ぼくりをつけた松の樹は日本では見たことがないな、と私は思ったものだ。しかも拾ってみると、その松ぼくりはずいぶん大きいのだ。

松林ではセミが鳴いている。日本のセミみたいに景気のいい声ではないけれども。

炎天下に遺跡を見て歩くのは、なにより暑くて大変だと聞かされてきたが、高低のある丘を上ったり下ったりしながら、うねうねと曲がりくねった宮殿跡を歩きまわるのは私には非常におもしろく、少しも苦にならなかった。それほど多く見たわけではないが、ギリシアでこんなおもしろい遺跡はないのではないか、と思ったほどだ。

この迷宮の聖なるシンボルというべき、巨大な牛の角あるいはダブル・アックス（双斧）の形が立っていて、私はそれに腰かけて写真を撮った。それはまるでモダン・アートの彫刻みたいだった。

前に大きな松ぼくりとセミのことを書いたが、もう一つ、私が発見したクノッソス宮殿の博物誌として、逸すべからざるものを御報告しておこう。この松の樹の生えた廃墟の丘には、カタツムリの殻がたくさん落ちているのだ。日本のカタツムリとは違って、フランス料理のエスカルゴみたいな、薄い茶色の縞のあるカタツムリである。

私は、そのカタツムリの殻をいくつか拾うと、空になったフィルムのケースのなかに詰め、ぱちんと蓋を閉めて、日本へ持って帰ってきた。わが家にもどってから、付着した泥を洗おうと思って、その貝殻を洗面所の水に漬けると、なんと驚くまいことか、そのなかの一匹はまだ生きていて、タイルの上をのろのろ動き出したのである!

私の旅行鞄に突っこまれ、何度も飛行機の貨物室や電車の網棚に押しこまれて、ギリシアからイタリアのヴェネツィア、パドヴァ、ヴィチェンツァ、マントヴァ、ボローニャとまわり、最後にはパリから東京へやってきたカタツムリは、その約一カ月間、水もなしにプラスチックのケースのなかで、ひっそりと生きていたのである。この生命力、さすがはクレタ島のカタツムリだな、と私は大いに感じ入ったものだ。

私はこのカタツムリを、庭のアロエの鉢のなかに放してやった。生きている以上、自然のなかに返してやるのが筋だろうと思ったからだ。

しかしその翌朝、アロエの鉢を見ると、もうクレタ島のカタツムリはどこへ行ったのやら、影も形もなかった。

たまたま編集者S君が拙宅へ見えたので、私はこの健気なカタツムリの話をひとくさり聞か

せてやった。するとS君いわく、

「ふーん、なるほど。そのうちハーフが生まれますな」

「え？　ハーフ？」

「つまり、ギリシアのカタツムリと日本のカタツムリの混血児が生まれるのではないだろうか、と思いましてね」


〔1981（昭和56）年11月26日「東京新聞」初出〕

II

デュシャンあるいは悪循環

私はこれまで、いくらか美術批評めいた文章を書いてはきたが、もとより好きな画家について以外は書いたことがなく、エルンストも書いたしダリも書いたし、ピカビアも書いたしタンギーも書いた。しかるに、デュシャンについてだけは一度も書いたことがなかったのである。考えると妙な気がするが、その書かなかった理由は、自分ではっきり分っている。それはデュシャンの作品が、デュシャン自身の言葉を借りれば「視覚的網膜的な絵画」ではなく、もっぱら「認識の欲望をかき立てる」観念の絵画だったからであり、そういう七面倒な作品についてあれこれ言葉を費すのは、東野芳明《とうのよしあき》のような律義な男にまかせておけばよく、私自身はもっと優雅な、もっと古典的な、視覚的網膜的な世界に安住していたいという気持が強かったためである。もちろん、デュシャンについて関心がなかったわけではない。関心は大いにあったのだが、私はこれを敬して遠ざけていたのである。

そういう私が、ここでようやくデュシャン論を書き出そうという気になったのは、ほかでもない、この展覧会の仕掛人である東野芳明の指名を受けたからだ。彼は炯眼《けいがん》によって、私がデュシャンと同じく、営々孜々《えいえいしし》として「独身者の機械」にたわむれているというタイプの人間であることを、つとに見抜いていたらしいのである。急いでお断りしておくが、私はなにも自分をデュシャンのような天才に比較しようとしているのではない。ただ、精神生理的な面において、端なくも同じ傾向を有していることを自認しているというだけのことだ。しかしまあ、いつまでも自分のことにかまけていては仕方がないから、ここまでを前置きとして、話をデュシャンの作品そのもののほうへ転回させることにしよう。

私はつくづく思うのだが、デュシャンくらい、一生涯をかけて一つのテーマを固執した芸術家もめずらしいのではないだろうか。もしもデュシャンを芸術家と呼ぶことが許されるとするならば、である。むろん、デュシャン自身には、自分自身を決して繰り返さないという決意があったであろうし、この決意を作品として実行に移したという自負もあったであろう。それはその通りにちがいない。しかし二十四歳で「階段を降りる裸体」や「コーヒー挽き」を描き、二十五歳で「処女」や「花嫁」や「独身者」といった観念を発見し、三十六歳で「大ガラス」の制作を中止してから、ずっと後の晩年になって「遺作」の発表を指示するにいたるまで、デュシャンは執拗に一つのテーマを追求していたように私には見える。彼のいわゆるレディメイドのオブジェも、「自転車の車輪」にせよ「壜掛け」にせよ、このテーマから逸脱するものではなかったし、さらに「ロト・レリーフ」や「回転半球」のような作品にしても、完全にこのテーマと重なり得る性質のものだった。すなわち、デュシャンはみずから好むと好まざるとにかかわらず、観念的に一貫したテーマを追求するほかなかった、というのが私の基本的な考えなのである。ということは、デュシャンの八十年の生涯には、他の多くの画家におけるように、進歩とか発展とかいったことが少しも認められず、彼は若年において固着した一つの悪循環にもひとしいテーマから、死ぬまで逃れることができなかった、ということなのである。

それでは、デュシャンの一生を呪縛した観念上のテーマとは、いったい何だったろうか。それは、見る角度によって、いろいろな言い方ができるはずであろう。ちょっと頭に思いつくだけでも、たとえば「神の死と遠近法の再発見」という要約が考えられる。あるいはまた、「性愛と機械の並行関係」という局面から眺めることも可能であろう。クロソウスキーがニーチェ論の表題に選んだように、ソフィスト的な「悪循環」という局面をクローズアップさせるのも一つの方法ではなかろうか（一枚のドアで、浴室と寝室とを閉めたり開けたりする「ラリー街十一番地のドア」が、この局面の恰好な図解となるはずだ）。しかし私は、一九五四年にミシェル・カルージュが創始して以来、多くの評家が彼にならって用いることになった「独身者の機械」という言い方を、もっとも簡にして要を得たものとして、ここでも採用しておきたいと思う。すなわち、デュシャンの一生のテーマは「独身者の機械」にほかならなかった、と規定しておきたいのである。（東野芳明が私に書かせたいと思っているのも、たぶん、この局面からのアプローチなのではあるまいか。）

ミシェル・カルージュの定義によれば、この「独身者の機械」とは、「性愛を死のメカニズムに変形する幻想のイメージ」ということになる。といっても、カルージュはそれほど難解なことをいっているわけではない。私たちはここで、ボードレールの『火箭《ひや》』のなかの言葉、「性愛の行為には拷問あるいは外科手術によく似たところがある」を思い出してもよいだろうし、あるいはまたロートレアモンの散文詩のなかの有名な一行、「解剖台の上でのミシンと蝙蝠傘との偶然の出会い」を思い出してもよいだろう。要するに、男女の性の結合を機械の運動のアナロジーとして眺めることによって、一般的には愛と多産を結集せしめるものと考えられている性の運動を、むしろかえって孤独と死と不毛の観点から捉えようとする試みなのである。

東野芳明の名著『マルセル・デュシャン』にもくわしく述べられているから、ここで私がくだくだしく再説する必要はあるまいと思うが、この「独身者の機械」のイメージは、必ずしもデュシャンのみの専有ではなく、十九世紀以後の近代文学、すなわちポー、リラダン、ジュール・ヴェルヌ、ジャリ、アポリネール、ルーセル、カフカなどの作品中にも現われている。日本の作家に例を求めるとすれば、さしずめ稲垣足穂と江戸川乱歩の名があげられようか。もっとも、これらの文学者の作品では、「独身者の機械」のイメージはあくまで部分的にしか認められず、それが総体的な形で表現されているのは、まさに「独身者の機械」という別名をもつところのデュシャンの「大ガラス」においてのみなのである。

これは見やすい道理であるが、ふつうの機械が合理性と有用性の原則に基づいて活動するものとすれば、「独身者の機械」は逆に、不可能性と非有効性に基づいて活動する。無意味さをその活動の本質としている、といってもよいだろう。つまり、なにものをも生産せず、なんらの有用な成果をも生まないのである。一見したところ、わけの分らぬ判じ物のような、一種の複雑なアッサンブラージュの形になっているものが多い。そうかと思うと、避雷針だとか、時計だとか、自転車だとか、汽車だとか、ダイナモだとかいった、単純なメカニズムのなかに隠されている場合もある。私たちが夢のなかで見るような、一種のあり得べからざる妄想機械、あるいは機械の幻影だといってもよいだろう。ただし、それが性のアナロジーになっていなければならないので、「独身者の機械」には必ず、そのなかにセックスの活動のシステムをふくんでいることが要求される。たとえ男女の両性が認められようとも、現実にはなんの成果をも生まない孤独なセックスの活動のシステムである。

じつをいうと、私はまだフィラデルフィアには一度も行ったことがなく、したがって、ここの美術館の広間の中央に立っているという、例のデュシャンの「大ガラス」の実物にも、一度もお目にかかったことがないのである。しかし写真や図版では何度となく見ており、ほとんどそれが既知の物体のように、その細部にいたるまで、私の心にイメージとして焼きつけられているのは事実といってもよいだろう。それでも、この「大ガラス」は依然として、私にとって一つの謎である。これは私ばかりではなく、他のだれにとっても同じことであろう。いわばすべての人間が、この「大ガラス」の前では、共通の出発点に立っているといえるかもしれないのだ。

そこで、私はまず、この作品の大部分を形づくっている、ガラスという近代的な材料のことを問題にしたい。『物の体系』の著者ボードリヤールによれば、ガラスは「容器ではなく孤立させるもの」であり、「凝固を象徴し、したがって抽象化を象徴するもの」である。東野芳明は、デュシャンのショウ・ウィンドーに対する偏愛について語りながら、「いわばショウ・ウィンドーは、欲望にみちた視線が吸収され、同時に遮断される場である」といったが、ボードリヤールもまた、ガラスの「近接とへだたり、親密さとその拒絶、コミュニケーションと非コミュニケーション」について語っている。ガラスが西欧の絵画作品に描かれるようになったのは古いが、とくに十九世紀の後半から二十世紀の初頭にかけて、それが不毛性と冷感症を象徴する物質として、詩や小説に頻々と登場するようになったことにも注意しておく必要があろう。たとえばデュシャンがとりわけ敬意を表している、あのマラルメの詩のなかにもガラスの表象はかなり多く見つかるのだ。

文学作品に描かれたイメージをふくめた「独身者の機械」の登場は、このガラスの例からも明らかに推測されるごとく、産業革命以後の機械の歴史と無縁ではありえない。一八九〇年から一九一四年までのあいだに、パリではエッフェル塔が建てられ、万国博覧会がひらかれ、初めて自転車競走や自動車競走が行われ、初めて電話交換局が設置されたという。ユイスマンスが『彼方』のなかで、ピストンとシリンダーの往復運動を、男女の性愛の動作に比較したのは一八九一年のことであった。しかし機械の性的シンボリズムは、ともすれば性愛における生殖の面を離れて、純粋な快楽の追求といった面に移行しがちであったし、世紀末の文学や美術には、むしろこの面の徐々に強まってゆく傾向が見てとれるのである。かくて、ついには男女の関係すらも捨象《しやしよう》されて、機械が本質的に自体愛のシンボル、孤独な快楽のシンボルとなる日は近かった。産業革命以後の機械の歴史が、デュシャンの「大ガラス」を準備していたといっては語弊があろうが、それに近いことを考えても間違いではあるまいと私は思う。

ジャン・ポール・アロンとロジェ・ケンプが『ペニスと西欧の堕落』で明らかにしたように、ブルジョワジーの新しい道徳が確立された一八三〇年ごろから、同性愛とマスターベーションが急速にブルジョワ社会に広がり出したという事実を、ここで私は指摘しておきたい。むろん、その反面では、この悪習を禁止するために、かつての司祭に代って性の監視人となった医師が、純潔と生殖のモラルを大々的にキャンペーンしはじめるのである。このような性的抑圧の風潮のなかで、あのビアズレーやパスキンやロップスやロートレックなどの、孤独な快楽のメタファーをふくんだ絵画作品が誕生したのだった。デュシャンの「大ガラス」を準備したものには、前に述べた機械崇拝のほかに、こうしたブルジョワ社会の深層構造もあったということを記憶しておかねばならぬ。

もとよりデュシャンの芸術は、時代や社会の影響から説明されるものではなく、あくまで彼個人の特殊な関心から出発したものであることは言うを俟たぬであろう。私には、ウィルヘルム・シュテーケルが「オナニズムと無神論とは密接な関係がある」といったような意味で、デュシャンのなかに、ニーチェ思想と似たところがあるような気がしてならないのである。ニーチェ思想といっても、この場合のそれは、遊戯する幼児という観念を好んだニーチェ後年の思想だ。幼児の遊戯は役に立たぬもの、無用のもの、無償のものだから、ニーチェにとっては精神の最高段階をあらわす観念にほかならなかった。役に立たないからこそ、それが最高の価値をなすのである。そしてニーチェはしばしば、この遊戯する幼児という気に入りの観念を、みずから回転する車輪によって表象しようとした。みずから回転する車輪は、自己目的でしかありえず、動機や意図がまったくない、純粋な遊びにほかならないからだ。なんと、これは「独身者の機械」によって表象されたオナニズムの原理によく似ているではないか。そういえば、たしかにニーチェもまた一個の独身者だった。

デュシャンが回転する物体をとりわけ好んだことは、「大ガラス」の下半分の「独身者の機械」に出てくる「チョコレート磨砕器」や「水車」によっても明らかであるし、またスツールの上に自転車の車輪を逆さに取りつけたレディメイドのオブジェ「自転車の車輪」や、同心円の円盤をモーターで回転させる「回転半球」や「ロト・レリーフ」のような装置によっても明らかであろう。一見したところ、「大ガラス」とは完全に趣きを異にしているようなレディメイドのオブジェも、じつは一直線に「独身者の機械」の系列につながるものだったのであり、ニーチェのいわゆる「みずから回転する車輪」と同じ意味をもつものだったのである。

リチャード・ハミルトンの意見によると、デュシャンのレディメイドの一つの特色は、それがシンメトリーをもっていることだそうだ。考えてみると、これは当然すぎるほど当然なことであり、一つの軸を中心として物体が回転すれば、そこにシンメトリーが形成されるのは明らかなのである。ハミルトンは、「壜掛け」と「雄の鋳型」とが形において似ていることを指摘しているが、これらは要するにチェスの駒の形なのであって、独楽のように容易にくるくる回転させることが可能な形なのだ。デュシャンのオブジェでは、さらに「帽子掛け」と「パリの空気」（ただし、ぶらさげる鉤の部分を別とすれば）とが、完全にシンメトリーの回転体となっている。中原佑介は、デュシャンのオブジェに共通する特色として、「吊りさげる」あるいは「懸ける」ということを指摘しているが、これも今までの文脈から考えれば理解は容易であろう。吊りさげることによって、回転のための中心軸があたえられるからである。

ベッテルハイムは『うつろな砦』のなかで、自閉症児がしばしば回転する物体に助けを求めることを述べてから、次のように結論している。「彼らにとって、ぐるぐるまわる物体は悪循環を意味するのであって、この悪循環は憧れから発して恐怖へ、怒りへ、絶望へと向かい、そして憧れが新たに始まったとき、それはふたたび完全に一巡を終えるのである」と。デュシャンと自閉症児とを一緒にするのは暴論であろうが、デュシャンが悪循環という観念に執着していたことを示す、一つの有力な証拠がある。「独身者の機械」がいよいよ運動を開始しようというとき、「照明用ガス」を体内に送りこまれた「九つの雄の鋳型」は、「四輪車」が唱える次のような連禱に聞き入るのだ。すなわち、「緩慢ナ生／悪循環／オナニズム／水平線／生活ノ緩衝器……」

悪循環とは、もともとギリシアのソフィストたちが好んだ循環論証のことである。デュシャンには、どこかソフィストたちに似たところがあったようだ。プロタゴラスは同じ対象について、ほめることもけなすことも両方できなければいけない、とつねづね弟子たちに教えていたという。「あれかそれか」ではなく、「あれでもあり、これでもある」という態度は、そのままプロタゴラスの態度でもあり、またデュシャンの態度でもあったであろう。東野芳明はこれを、「ドアの開閉を司る蝶番《ちようつがい》」の論理として説明している。おそらく、「独身者の機械」のイメージを論理の面に転移するとすれば、ただちにそれがソフィストたちの言説となるのであろう。悪循環という言葉には、オナニズムの堂々めぐりを示すと同時に、以上のごとき意味もふくまれていたのではないかと想像される。

さて、紙数もかなり費したようだから、あとは思いつくままに、まだ語り残していることをアトランダムに書いてゆこう。

デュシャンが一九五〇年代につくった、きわめてエロティックないくつかのオブジェのなかに、ティニー夫人との結婚式の日、彼女へのプレゼントとして提出されたという一点がある。Coin de Chastetéと題されたもので、東野芳明は「貞淑さの楔」と翻訳している。しかし私の考えでは、これは貞操帯Ceinture de Chastetéのパロディーとして制作されたものにちがいないから、むしろ「貞操栓」とでも訳したほうがよかろうかと思う。つまり、貞操帯が女性の秘所を外部から遮断するのに対して、この貞操栓は、女性の秘所を内部において満たすことによって、余人の侵入を不可能ならしめるという違いである。穴に侵入するものを防ぐには、その穴を埋めてしまうのがいちばん早道だというわけで、これは世の夫婦関係に対する痛烈な皮肉になっていると考えられよう。

「遺作」についても語っておきたい。むろん、私はそれを見ていないのだが、これが以前の「大ガラス」と一対になった作品で、後者がガラスの抽象的段階にとどまるとすれば、前者がそのリアリズム的な展開を示していることは明らかだろう。二つの穴から内側をのぞくと、片手にランプをかかげた全裸の少女が、股を大きくひらいて、枯枝の上に寝そべっているのが眺められる。わずかにブロンドの髪の毛が見えるが、その顔は決して見えない。東野芳明はオクタヴィオ・パスの示唆によって、この謎のような少女をアクタイオーン神話に出てくるディアーナ女神と対比したが、私にはどうも、彼女がユディットのように見えて仕方がないのである。もしかしたらクラナッハが何度もユディットの絵を描いているから、そして東野芳明が「クラナッハの女を思わせる」と書いているから、私には、この陶器のような白い肌の少女が、ユディットのように見えて仕方がないのかもしれない。しかし、必ずしもそればかりではないと思う。まずなによりも、この少女が片手で高々とかかげているランプが、どうしても私には、ユディットの切り落したホロフェルネスの首のように見えるのだ。ホロフェルネスの首は、ミシェル・レリスが『成熟の年齢』で分析したように、もちろん男根のシンボルにほかならぬ。デュシャンの去勢コンプレックスは、「大ガラス」の下の部分に出てくる巨大な「鋏」によっても推測されるところであるが、この「遺作」においても、切られた男根という形で、露骨に現われているのではあるまいか。――私には、そんな気がしてならなかったのである。

ちなみにいえば、東野芳明も指摘しているように、デュシャンはしばしば首なし女のイメージを表現する。この首なし女のイメージもまた、去勢コンプレックスが他者に投影されたものではないか、と私は思っているのだ。

ここまで読んできた読者は、あるいはいらいらしながら私に向かって問うかもしれない、そもそもデュシャンの作品には、どんな芸術的思想的もしくは哲学的な意義があるのか、と。そ れに対して私は答えるだろう、なんの意義もないのだ、と。なんの意義もない無償の想像力のたわむれであるからこそ、これほど私たちの心を惹きつけるのだ、と。どうやらデュシャン論を書くということも、一つの悪循環にならざるをえないのだということを最後につけ加えて、私はこの論を終えたいと思う。

〔1981（昭和56）年8月「マルセル・デュシャン展図録」初出〕

コクトーと現代

戦後の日本の出版界では、コクトーは一貫して不遇であった。詩人としても映画作家としても、あれほど知名度が高かったにもかかわらず、全集の企画されたことが一度としてなかったことを思うだけで、そのことは十分に理解されよう。このたび東京創元社から刊行されはじめた『コクトー全集』全八巻によって、長年の渇を癒す読者も多いことであろう。

戦後の日本でコクトーが冷遇された理由は何であったか。それは一口にいえば、彼が思想家的な作家ではなく、レトリシアン（修辞家）であったためであろうと私は考える。サルトルやカミュは戦後世代にも大きな影響力をおよぼしたが、コクトーの場合には、そういうことはなかった。どちらかといえばコクトーは愛好家に愛されるタイプの作家だったからである。

実際、すでに七〇年代の初めにアンドレ・ブルトンやジョルジュ・バタイユの全集さえ出ているのに、コクトーの全集が出ないというのは不思議なことだった。しかしこれも、前二者を思想家タイプの作家、後者をレトリシアンと考えれば、容易に納得のいくことである。おそらく、八〇年代にはいってコクトーの全集がようやく出はじめたということも、このことと無関係ではないにちがいない。

レトリシアンとは、簡単にいえば言葉の魔術師である。むろん、コクトーに思想がないというわけではなく、彼は生の形で思想を表白しないというだけのことだ。「詩とはモラルである。そしてこのモラルの汗を、私は作品と呼ぶ」とコクトーは書いている。こういうレトリックが、いわばコクトーの身についたレトリックなのであって、それは決して単なる気のきいた表現、奇をてらった表現ではないということを強調しておきたい。

詩に、小説に、戯曲に、評論に、映画に、行くとして可ならざるはなき生前の活躍ぶりであったが、私をしていわしむれば、アクロバットのようなコクトーの仕事はすべて、きびしい自己の探求であった。ニーチェの『このひとを見よ』やワイルドの『深淵より』を思わせるような、公開の自己分析であった。わが身を裸で人前にさらしていたのである。それは一見、ナルシシズムに通じるように思われるし、事実、コクトーの存在にナルシシズムは欠かせないであろう。いま、私はニーチェとワイルドの名前を出したが、注意すべきは、自己分析といいナルシシズムといい、コクトーには十九世紀ふうの重々しい感じがまるでなくて、これをいとも軽々と演じたということであろう。

なにしろワグナーの壮大なおしゃべりが、近代的なポエジーから最も遠いものであることに気がついて、二十世紀初頭、いちはやくエリック・サティの音楽を称揚したのがコクトーだった。彼は美学とともに、今世紀の新しい生き方をも教えたのである。

新しい美学といえば、私はコクトーの文体を考えるたびに、いつも「伊達の薄着」ということを思い出してしまう。精神をしゃんと保つためには、着ぶくれていては駄目なので、それで彼はあのように簡潔な文体、針金のように痩せ細った、短く凝縮された文体をえらぶのである。コクトーはこれを「軽さのエレガンス」といっている。思うに、軽さもエレガンスも、怠惰や無気力を拒否する精神の特質であって、いたずらに奇をてらったものではないということを何度でも強調しておく必要があろう。

私は大学時代にコクトーの自伝ふうの小説『大跨びらき』を翻訳してから、その後も彼の作品をずっと愛読してきたが、どうも私の同世代者のなかには、コクトーのファンはさっぱりいなかったような気がする。戦前を知っている私より上の世代、中村真一郎や安岡章太郎や三島由紀夫の世代が、たぶん最後のコクトー愛読者の世代だったのではないかと思う。その理由は前にも述べたように、コクトーの文学がレトリシアンの文学、すなわち軽快な遊びの文学のように見えたので、深刻好きな戦後の雰囲気に馴染まなかったためであろう。しかし今や、戦後も三十年以上たって、文学理念が徐々に変化してきているのだ。コクトーを受け入れるべき機は熟したと見てよいだろう。

コクトーはジャンルというものに拘泥しなかった。彼によれば、モーリス・シュヴァリエはミュージック・ホールの詩人、チャップリンは映画の詩人なのである。詩というものを技術のジャンルのなかに閉じこめないで、あらゆるものに通じる純粋な魂の状態と彼は解していた。

そういう認識があったからこそ、コクトーは詩作から映画製作まで、多方面にわたる仕事をつづけることができたのであり、その仕事をすべてポエジーと呼んではばからなかったのである。

もう一つ、コクトーの魅力を指摘しておこう。何年か前に公開された映画『恐るべき子供たち』を見ても分るように、彼の作品は永遠に若々しいのだ。伊達の薄着のように、イキでカッコいいのだ。私は若いひとたちに、とくにコクトーの全集を読んで、彼のカッコいい文章と生き方を学ばれることをおすすめしたい。

〔1980（昭和55）年9月5日「東京新聞」初出〕

コクトーの文体について

なによりもまず、コクトーは文体である。スタイルである。その生き方から文学まで、そのデッサンから映画制作まで、スタイルを抜きにしてコクトー現象はありえない。その顔や肉体まで、申し分なくコクトー流のスタイルになっているのだから大したものではないか。

あの特徴的なデッサンを見るとよく分るように、コクトーは明瞭な一本の線で、線のみで、あらゆるものを表現するのである。繊細にふるえながら伸びてゆくコクトーの線の動きは、あたかも彼の精神の運動をそのまま紙の上になぞったかのごとくである。そこには余分なもの、曖昧なもの、重苦しいものや感情過多なものがなにもない。一切の贅肉をそぎ落した、痩せられるだけ痩せた、簡潔きわまりない線があるのみである。そして、これがそもそもコクトーのスタイルなのだ。

ごく若いころから、コクトーはこのスタイルを身につけていた。『ポトマック』のなかに「最小限《ミニマム》の美学」という項があり、そのなかで彼は「絵画的なものに対する最も猛烈な反動」について語っている。十九世紀の美学と、ここで完全に彼は訣別したわけだ。いってみれば、コクトーは近代的な一本の線のなかに、すべての絵画的なものを封じこめてしまったのである。一本の線のみによって、具体的なものの一切を語らせる方法を彼は会得したのである。

ロジェ・ランヌは、このようなコクトーの文体を「白い文体」と称している。なるほど、これも私にはおもしろい意見のように思われる。しかしそれにしても、薔薇だとか、雄鶏だとか、雪だとか、潜水夫だとか、大理石だとか、花火だとか、太陽だとか、港だとか、黒人だとか、馬だとか、天使だとかいった、多彩なイメージを素材として用いた文体が、なぜ白いのだろうか。私の思うのに、その理由は文体にスピードがあるからである。三原色の円盤を回転させると、色が消えて白くなるのを読者は御存じであろう。それと同じことで、コクトーの文体にはスピード感があるために、多彩なイメージの色が消えてしまうのだ。そして、骨組みだけがくっきりと浮かびあがることになる。

「スタイルとはなにか」とコクトー自身がいっている、「多くのひとにとっては、それは単純なことを複雑にいう方法だ。しかし僕にとっては、それは複雑なことを単純にいう方法にすぎない」と。複雑なことを単純にいえば、表現が圧縮される。表現が圧縮されれば、スピード感が生ずる。おそらく、ここにコクトーのスタイルの魅力のすべてがあるのだろうと私は考えている。

「コクトーの文体のなかから、私が見つけ出していただきたいと思うのは、生き方のきびしさである」とジャン・ジュネは書いている、「軽さや優雅さやエレガンスは、怠惰や無気力を拒否する精神の特質である」と。これも私には、いかにもコクトーをよく知る者の卓見であるように思われてならない。

晩年におよんで、コクトー自身がしきりにモラルということを口にするようになったのも、注目に値するだろう。たとえば『知られざる者の日記』のなかに、次のような言葉がある。

「詩とは一つのモラルだ。そしてこのモラルの汗を、僕は作品と呼ぶ。モラルの汗でないような作品、どんな肉体の努力よりも強い意志を必要とする魂の訓練の結果でないような作品、底の見えすいたような作品、あまりにも早く分ってしまうような作品はすべて、装飾的で空想的な作品だ」

「モラルの汗」とは、じつにうまいことをいうものだな、と私は思わないわけにはいかない。それは、生き方からにじみ出てくるもの、といったほどの意味であろう。あるいは精神の運動の軌跡とでもいうべきか。いずれにしても作品とは、コクトーにとっては「魂の訓練の結果」なのであって、それ自体を目的としたものではなかったのだ。つまり彼の作品のスタイルは、その生き方の反映にすぎなかったのだ。

たぶん、コクトー独特の軽さやエレガンスを、怠惰や無気力を拒否する精神の特質と見たジャン・ジュネの意見も、いままで私が述べてきたことと同じことをいったのであろう。精神の運動はつねに緊張を強いる。アクロバットが綱渡りをしながら汗をかくように、コクトーの精神もつねに運動しながら、作品という汗を発散する。しかし観客には、もとより汗は見えない。

ただアクロバットの優雅な歩みが見えるだけである。

〔1980（昭和55）年9月『ジャン・コクトー全集 第4巻』月報 初出〕

ルードウィヒ二世とその時代

バヴァリアの狂王といわれたルードウィヒ二世は、ドイツ本国におけるよりもむしろフランスで人気があったようだ。なるほど、ドイツにおいても、婦女子の喜ぶロマンティックな物語の主人公に仕立てあげられているようなところはある。あたかも中世の神聖ローマ皇帝フリードリヒ赤髯王のように、王の不死の伝説さえ語り継がれているほどだ。しかしフランスの場合は、それとはちょっと違っていた。

ボードレールがワグナーについて書いたのは一八六一年だが、ボードレールの衣鉢を継いだ世紀末象徴派の詩人や作家たちは、このルードウィヒ二世を彼らの理想的人物にしてしまったのである。「この世紀ただひとりの真の王者」と称讃したのはヴェルレーヌであった。彼によれば、科学や功利主義思想が幅をきかせていた十九世紀の後半において、ルードウィヒ二世こそ、ただひとり信仰と詩を理解し、信仰と詩を救出した人物だったのである。

ヴェルレーヌばかりではない。名著『ロマンティック・アゴニー』の著者であるマリオ・プラーツ教授の見解によれば、エレミール・ブールジュの小説『神々の黄昏』においても、あるいはまたポール＝ジャン・トゥーレの小説『ムッシュー・デュ・ポール』においても、その主人公の性格にバヴァリアの狂王の反映が認められるという。フランスではないが、ビョルンソンやダンヌンツィオも、この王をモデルにして作品を書くつもりだったらしい。彼らにとっては、ルードウィヒ二世は、いわばデカダンスという時代精神の体現者だったのであろう。

二十世紀の詩人コクトーも、画家ダリも、この王に対して並み並みならぬ関心をいだいていたようであるが、とくに私がここに挙げておきたいと思うのはアポリネールの名前である。彼は『月の王』という奇抜な短篇を書いた。太陽王がルイ十四世、つまり現実の権力者の象徴的な名であるとすれば、月の王は、政治なんぞはそっちのけにして、ひたすら夢の世界に生きることを好んだ王の名である。現実をのがれて、不可能の夢に沈潜しようとした王の名である。アポリネールの短篇では、この王はシュタルンベルク湖で自殺したのではなく、ひそかにアルプス山中の洞窟のなかで生きており、臣下とともに奇妙なエロティックな饗宴にふけっている。最後には鳥のように、ふわりと空中に飛びあがって消えてしまうのである。

私はもう二十年も前から、この王に興味を寄せていて、フランスで出版された研究書は残らず集めているつもりであるが、最近では、さすがにいくらかうんざりしてきた。古くはジャック・バンヴィルやギー・ド・プルタレス（久生十蘭はこれらを参考にしていた）からジルベール・ロバン博士の病跡学的研究まで、さらには城の写真集や通俗読物をもふくめて、おびただしい数の書物が出ているのである。それらを参考資料にして、私が「バヴァリアの狂王」というエッセーを書いたのは昭和四十年のことだった。

かつての伝記には、王のホモセクシュアルの傾向に関しては、伝記作家が遠慮したのかどうかは知らないが、あまりはっきり書かれていないものが多かったように思うが、最近では、すべてあからさまに書かれるようになった。やはり時代の相違であろう。久生十蘭は『泡沫の記』と題したエッセーふうの短篇で、王がレプラのような難病に悩んでいたのではないか、という疑いを提出しているが、これが根も葉もない浮説であることは、すでに現在では証明済みのことである。

今度のヴィスコンティ監督の映画を私が初めて見たのは、いまから三年前、たまたまパリに滞在していた時であった。シャンゼリゼの映画館街で、近くの館では大島渚の『官能の帝国』(日本では『愛のコリーダ』)も上映されていたが、私は躊躇することなく、大島よりはヴィスコンティを選んだ。年来のヴィスコンティ・ファンだったからである。

まず一驚したのは、ニュンフェンブルクやリンダーホフの城を実際に使って再現した、その豪華な十九世紀宮廷絵巻ともいうべき画面の一齣《ひとこま》一齣であったが、それとともに、歴史上の人物に扮する俳優のひとりひとりが、じつに見事にその人物になり切っているということであった。完全主義者としてのヴィスコンティ監督の面目躍如たるものがある。

ヘルムート・バーガーは十八歳から四十歳までの王になるが、青春期の輝くばかりの美貌の王から、徐々に醜く肥満し、歯が真っ黒になり、不精髭をはやし、うつろな目をした晩年の王までをよく演じていると思った。トレヴァー・ハワードとシルヴァーナ・マンガーノの二人は、あの写真で私たちがよく知っているワグナーとコジマにそっくりである。まるで写真が動き出したようで、私は唖然としてしまったほどである。

コジマで思い出したが、一九七六年に封印を解かれた厖大なコジマの日記があり、そのフランス語版のなかに、ワグナーを中心とした、ちょっとおもしろい年表があるから次に引用しておきたいと思う。これを眺めれば、王が即位してから死ぬまでの二十二年間が、どういう時代であったかということが分るであろう。ヴィスコンティが撮ったのも、まさにこの二十二年間なのである。

一八六四年――ルードウィヒ二世、バヴァリア王となる。五月四日、ワグナーを迎える。六月十一日、リヒアルト・シュトラウス誕生。六月から七月まで、コジマ、ワグナーとともにシュタルンベルクで過ごす。

一八六五年――四月十日、ミュンヘンにてワグナーとコジマの長女イゾルデ誕生。六月十日、ミュンヘンにて『トリスタンとイゾルデ』の初演。十二月十日、ワグナー、バヴァリアを去らねばならなくなる。

一八六六年――三月三十日、ワグナー、コジマとともにスイスに行く。四月十五日、トリプシェンに家を借りる。普墺戦争勃発。サドヴァにてプロイセン軍勝利。

一八六七年――コジマ、トリプシェン着。二月十七日、ワグナーとコジマの次女エヴァ誕生。

北ドイツ連邦成立。
一八六八年――六月二十一日、ミュンヘンにて『マイスタージンガー』初演。十一月八日、ワグナー、ライプツィヒのブロックハウス家でニーチェを知る。
一八六九年――コジマ、一月一日から日記を書きはじめる。ニーチェ、バーゼル大学教授となる。六月六日、ワグナーとコジマの長男ジークフリート誕生。九月二十二日、ミュンヘンにて『ラインの黄金』初演。第一回ヴァティカン公会議。
一八七〇年――六月九日、ディッケンズ死。六月二十六日、ミュンヘンにて『ワルキューレ』初演。七月十八日、コジマ離婚。八月二十五日、ルツェルンにてワグナーとコジマ結婚。
一八七一年――一月十八日、ドイツ帝国成立。ビスマルク宰相となる。ワグナー、劇場建設地にバイロイトを予定す。
一八七二年――四月、ワグナー、バイロイトに移る。五月二十二日、劇場建設着工。
一八七三年――ニーチェ、狂気の最初の徴候を示す。
一八七四年――九月、ブルックナー、バイロイト訪問。九月十三日、ウィーンにてシェーンベルク誕生。
一八七五年――六月六日、リューベックにてトーマス・マン誕生。
一八七六年――第一回バイロイト音楽祭。ワグナー、八月十三日からイタリア旅行。ソレントにてニーチェと最後に会う。

一八七七年——ワグナーとコジマ、ロンドン旅行。『パルジファル』を書きはじめる。
一八八〇年——ワグナー、イタリア旅行。五月七日、クロワッセにてフローベール死。
一八八一年——二月九日、聖ペテルブルクにてドストエフスキー死。十月二十五日、ピカソ誕生。
一八八二年——ストラヴィンスキー誕生。七月二十六日、第二回バイロイト音楽祭。『パルジファル』初演。九月、ワグナーとコジマ、ヴェネツィアへ出発。
一八八三年——二月十三日、ワグナー、ヴェネツィアに死す。三月十四日、ロンドンにてマルクス死。七月三日、プラハにてカフカ誕生。
一八八六年——六月十三日、シュタルンベルク湖にてルードウィヒ二世死す。

長々と引用してしまったが、この即位してから死ぬまでの二十二年間を、ヴィスコンティ監督は叙事詩的な荘重さでじっくりと描き出すのである。それは病める精神をもった王個人の歴史でもあるが、また同時に十九世紀ドイツの歴史でもあって、すでに監督が『地獄に堕ちた勇者ども』などで私たちに見せてくれたところのものと同じい、あえていえばデカダンスの運命だった。『地獄に堕ちた勇者ども』と『ヴェニスに死す』と『ルードウィヒ二世』とを併せて「ドイツ三部作」というらしいが、これら三つに共通しているのは、いずれも主人公が美と権力の幻影に憑かれて、栄光の絶頂から破滅の淵に堕ちるという点なのである。

ヴィスコンティは『ヴェニスに死す』の完成後、プルーストの『失われし時を求めて』を映画化する予定だったという。この企画は挫折したが、もし実現していたとしたら、おそらく第四巻「ソドムとゴモラ」あたりが大きくクローズアップされたのではなかったかと私は思う。デカダンスの運命を、ヴィスコンティは好んでホモセクシュアルとの関連において見ようとしたはずだからだ。

パリで見てから、私は今度は日本語の字幕のはいった『ルードウィヒ二世』を試写で見せてもらって、あらためて感動した。史実にきわめて忠実であり、興味本位の臆断による演出なんぞは、これっぽっちもない。最後まで堂々たる作風をつらぬいたところは、巨匠の最後の大作たるにふさわしいと思った。

〔1980（昭和55）年11月7日「朝日ジャーナル」初出〕

フェリーニ『カサノバ』を見て

久々にフェリーニ監督の痛快な映画を見て、映画というものの醍醐味を味わった。私は必ずしもフェリーニ作品のすべてを忠実に見ているわけではないけれども、このたびの『カサノバ』は前作『サテリコン』の方向をさらに徹底させた、この監督の奇想趣味の極致ではないかと思われる。全篇これ仮面舞踏会といってもよいような、奇想にあふれたエピソードの連続である。

主人公のカサノバは、申すまでもなく十八世紀の実在人物で、ドン・ジュアンと並び称される稀代の色事師である。したがって、映画の舞台も十八世紀のヨーロッパだ。このヨーロッパの十八世紀という時代は、まことにおもしろい時代で、ある点から眺めると、私たちの二十世紀にいくらか似ているのである。それについて、ちょっと触れておこう。

一方には、フランス革命を準備した啓蒙思想家や哲学者がいたかと思うと、もう一方には、サドやカサノバのようなエロティシズムの理論家あるいは実践家がいた。山師、ほら吹き、錬金術師のような男が悠々と諸侯の宮廷に出入りしていたかと思うと、フリーメーソンのような秘密結社に属する、あやしげな政治運動家もうろうろしていた。革命という一大爆発を目前にひかえて、全ヨーロッパが煮えたぎっていたのである。

エロティシズムの時代であると同時に、十八世紀の世紀末は、オカルト思想の花ざかりの時代でもある。また仮面文化の時代でもあり、自動人形がたいそう愛好された時代でもある。ゲーテの『イタリア紀行』も、同じ時代の雰囲気を伝えていると称してよいかもしれない。私たちの二十世紀も、世紀末の様相を深めてくるとともに、今後ますます仮面舞踏会の雰囲気に近づいてくるのではないか。そんな予感が私にはするのだ。

フェリーニは、この十八世紀の雰囲気をおどろおどろしく描き出したが、物語の筋については、必ずしもカサノバの『回想録』に忠実に依拠しなかった。換骨奪胎して、自分勝手なカサノバを創り出したのである。それは仮面をかぶって生きる男、永久に歳をとらず、つねに裏切られながらも、女への幻想を捨てられない男である。映画のなかに、巨大な見世物の鯨の胎内が出てくるが、女の幻影を追ってヨーロッパ中を遍歴するカサノバは、いわば鯨に象徴された大母神の胎内めぐりをしているのだ、ともいい得るであろう。じつはフェリーニの生涯のテーマが、これなのである。

映画の冒頭は、まずヴェネツィアの謝肉祭の場面である。「十八世紀のヴェネツィアの文化は、ほとんど一つの仮面文化である」とロジェ・カイヨワ（『遊びと人間』）がいう通り、大運河の岸や橋の上は、さまざまに趣向をこらした仮装のひとびとでいっぱいである。花火が打ちあげられ、巨大な女神モーナの頭像が水中に沈む。いかにも全篇の祝祭的な雰囲気を象徴しているようで、この冒頭のシーンは秀逸であった。

私がとりわけおもしろく思ったのは、この映画のなかの随所に、フェリーニ独特のオブジェ感覚とでもいったものが光っている点であった。たとえば、カサノバが次から次と女を相手に、ベッドの上で汗みどろになって奮闘するたびに、枕もとに置かれた機械仕掛けの金色の鳥が、羽ばたいて珍妙な音楽を奏でるのである。これはまあ、オルガスムを告げるオルゴールみたいなものだろう。そのほかにも、装身具やら楽器やら、きらきらした小道具がいっぱい出てくる。カサノバが女性遍歴の最後に、この世のものとも思われぬ美しさに驚嘆して、一夜の契りをむすぶのも、生身の女ではない自動人形の人工美女ロザルバであった。

いや、そればかりではない。この映画に登場するほとんどすべての人物が、どこかオブジェめいた異形の人間、異相の男女ばかりなのだ。よくもまあ、これほど奇怪なマスクをした、これほど異形異相のキャラクターをあつめたものだ、とつくづく感心するほどである。こんなところにも、この映画の仮面舞踏会的雰囲気は横溢している、といい得るであろう。

カサノバが永遠の若さを失って、一挙に老いさらばえた自分を自覚するとき、その思い出の夢のなかに浮かんでくるのは、いまも述べたような、美しい自動人形のロザルバである。はたして彼はピグマリオンのように、生身の女も所詮は自動人形におよばない、という最終的な認識に到達したのであろうか。しかし、このラストの場面に、あまり重大な意味を見出す必要はなさそうである。この映画は、そんなに深刻に解釈しなくてもいいのである。すべては夢、フェリーニ監督の遊びなのだから。少なくとも私はそう思った。

この超大作『カサノバ』は、監督の頑固な主張により、全篇チネチッタのスタジオでセット撮影したというが、これも私には殊のほかおもしろく思われた。ヴェネツィアの海の波も、ロンドンの霧も、城館も劇場も広場も、ことごとく本物ではないのである。一切は作りもので、いわばオブジェでしかないのだ。フェリーニの物に対する意識が、ここに小気味よく現われているような気が私にはしたものであった。

九百万ドル（約十九億円）の製作費をかけて、彼は自分の固定観念やコンプレックスのシンボル価値を担わせられた、巨大なオブジェの王国を築きあげたのである。私たちがスクリーンの上に眺めるのは、その王国の幻影にすぎない。映画もここまで来たか、という感をいだかしめるに十分な、これはフェリーニ監督の破天荒な、我がままいっぱいな遊びであると私は見た。

〔1981（昭和56）年1月23日「朝日新聞」初出〕

ブリキの太鼓あるいは退行の意志

毎週木曜日、母アグネスはオスカルを連れて町に出ると、ユダヤ人のおもちゃ屋マルクスの店に行く。店にオスカルをあずけて、近くの安宿で、ポーランド郵便局に勤めるヤンと逢引をするためだ。オスカルはそれを薄々知っている。或る日、彼はおもちゃ屋の店を出ると、ひとりで母のあとを追う。それから、ダンツィヒの町にそそり立つゴシックの塔のてっぺんに登り、両脚を手すりの棒のあいだから出して腰をおろすと、眼下にひろがる町を眺め、太鼓をたたきながら叫び声を発する。「だれもオスカルの太鼓を奪おうとしたものはいなかった。それにもかかわらず彼は叫んだ」と『ブリキの太鼓』の本文にある通りだ。オスカルが叫ぶや、市立劇場の大窓が次々に割れて落ちる。

私はこの場面で、私としてはめずらしいことに、あやうく涙がこぼれそうになったことを告白しておかねばならぬ。感傷的になるのは本意ではないが、「オスカルは私だ。私にそっくりだ」と私は心のなかで思わないわけにはいかなかった。おそらく、私と同じような感慨をいだいたひとも意外に多いのではあるまいか。後日、私はこの映画について、詩人の吉岡実さんと話し合ったものであるが、吉岡さんも同じようなことを考えたらしい。

叫び声によって思いのままにガラスを割るという、オスカルの身につけた超能力は、三歳で成長をやめることを決意した少年の、世界に対する拒絶と抗議の意志そのものをあらわしていようが、このオスカルの意志が、たまたま彼の身を置いた状況に誘われるように、もっとも純粋に発露したシーンは、いまも述べたような、ゴシックの塔のてっぺんのシーンではないかと思う。町を俯瞰する塔の上で、オスカルは初めて孤独を知ったのである。むろん、彼自身はそんなに深刻に孤独を意識してはいないだろうが、スカートの中やテーブルの下を好む少年の生理は、彼自身の意識とは無関係に、大空の下の孤独に反応するのである。ここは感動的な場面であった。

オスカルはモラトリアム人間だろうか。私はそうは思わない。なぜかといえば、彼はみずからの意志をもって幼児退行するからである。三歳の子供のころから、すでに彼は強固な大人の意志をもっている。大人の意志をもって、子供を生きようとするのがオスカルだ。三歳の子供が大人の意志をもっているということは、もとより現実にはありえないことである。だからギュンター・グラスの小説『ブリキの太鼓』は、いわゆるドイツの教養小説に対する痛烈なパロディーになっているし、精神と肉体の両面における人間の成長という現象を、悪意をもって逆転したような形になっている。簡単にいってしまえば、『ブリキの太鼓』は退行する人間を描いた、逆転された教養小説なのだ。無気力なモラトリアム人間には、オスカルのように強固な意志で退行することは、とても無理であろう。

シュレンドルフの映画は、小説の第三部を思い切ってカットしてしまった。この点については賛否両論あるところだろうが、私としては、これでよかったのではないかと思っている。御存じのように『ブリキの太鼓』の第三部は、オスカルが自分の幼児願望のシンボルともいうべき太鼓を捨てて、大人の背丈に成長してから以後、現実世界にはいって行くところの物語であり、したがって、逆転された教養小説が、ふたたび奇妙にねじくれて逆転されるという形になるのだ。小説ならばともかく、この繁雑さは映画には不向きであり、映画はむしろ主人公の幼児願望のモティーフで統一したほうがいい、と私は思ったのである。

そういう次第で、映画『ブリキの太鼓』はひたすら幼児願望と母性願望の世界を描くことになったようだが、前にも述べたように、この映画の主人公は、あくまで普通の子供ではないということを頭に入れておく必要があろう。子供であろうとする子供。それがオスカルなので、普通の子供の第一義的な属性であるべき無垢という性格は、オスカルにあってはほとんど認めがたいのである。

いや、無垢であるどころか、オスカルは母に連れられて教会へ行くと、マリアの手に抱かれた彫像の幼児イエスとさえ、その幼児性を張り合おうとするのである。このシーンも、映画のなかのもっとも感動的なシーンの一つであろうが、オスカルは幼児イエスの首に太鼓をかけ、その手に太鼓の棒をもたせると、挑戦的な顔で「たたいてみろ」と促すのだ。幼児たることを決意した人間には、当然、オスカル自身のように、太鼓をたたくことができるはずだという気持があるからである。しかるに、イエスは太鼓をたたかない。オスカルは失望する。この失望には、複雑な思いがこめられていたようで、彼は母の膝に取りすがって、はげしく泣くのだ。オスカルが子供らしく涙を見せるのは、このシーンだけである。

私は、このグラスの小説の第一部と第二部を二時間二十分に忠実に要約した映画を、最初から最後まで、十分に楽しみながら見ることができたが、それでも、いくつか不満がないわけではなかった。まず私が引っかかったのは、原作者自身も口にしている叙事詩的ということだった。この映画を批評した多くのひとも、ほめ言葉として叙事詩的という表現をやたらに使っているようだが、私は叙事詩的という讃辞を、この映画に呈しようとは思わないのである。もし叙事詩的に見えたとすれば、それは大いに残念なことであって、この映画はむしろ幼児退行の世界にふさわしい、エピソードの連続として見るべきであろう、というのが私の考えである。

不満はまだある。マッツェラート一家が海岸へ遠足に行くシーンで、沖仲仕の引きあげた馬の首から、ウナギが何匹もにょろにょろ出てくるところは非常に印象的であったが、こういった秀逸なオブジェ感覚が、この一個所に光っているのみで、映画の全体に遍在していなかったことが不満なのである。せっかくサーカスの場面やおもちゃ屋の場面がふんだんに出てくるというのに、どうしてこれを繊細なオブジェ感覚によって、フェリーニ風の（あるいはブニュエル風の）夢幻的な小宇宙に仕立てあげなかったのだろうか。テーブルの下やスカートの中にもぐりこむことを好む少年の子宮願望も、映画では少しも感覚的に描かれていない。総じて物に対するカメラの偏執が稀薄なのだ。あえていえば、これが私の最大の不満であった。

この映画を試写室で見終ってから、私は川喜多和子さんに誘われるままに、南千住の有名なウナギ屋へウナギを食いに行った。映画をごらんになった方はすぐお分りだろうが、これはなかなか勇気のいることで、私も内心では、はたしてウナギがすんなり咽喉を通るだろうかと、びくびくものだったのである。しかし案ずるより産むが易しで、私は大皿にのった、ワラジのような巨大な白焼も蒲焼も、舌鼓を打ってむしゃむしゃ平らげた。健全な胃袋が証明されたわけで、それについては川喜多さんに感謝している。またウナギを食いたいものである。

〔1981（昭和56）年7月「イメージフォーラム」初出〕

天上界の作家　泉鏡花

三島由紀夫さんと泉鏡花について対談したのは昭和四十三年十一月、中央公論社の「日本の文学」の月報のためで、もう今から十数年前のことになる。三島さんが鏡花について縦横に語ったのは、この時がおそらく最初で最後だったはずだから、この対談は多くの鏡花ファンから注目され、今でもよく評論家に引用されたり、劇場のパンフレットに転載されたりすることがあるほどだ。

私は元来、原則として対談ということをしない人間なのだが、三島さんには無理やり引っぱり出されて、二度ばかりそのお相手を仰せつかった。一度目は鏡花について、二度目は稲垣足穂についてである。なにぶん口不調法な人間のこととて、もっぱら三島さんの御高説を拝聴する側にまわったわけだが、それでも今になって読みかえしてみると、いかにも自分の言葉の足りなかったことに思いいたって歯がゆくなることがある。「喧嘩過ぎての棒ちぎり」みたいなものだが、ここで私は、せめてのことに、自分の足りなかった言葉を補っておきたいと思う。それは鏡花ファンにとっても、あながち興味のないことではなかろうと思われるからだ。

鏡花の母性思慕の問題を提出するつもりで、私はちょっとふざけて、「三島さんはこのごろ、フロイトを目の敵になさっているけれども、（鏡花の母性思慕は）フロイトの図式に当てはまるところがあるんじゃないですか」と発言した。すると三島さんは言下に、「いや、全然当てはまりませんね。フロイトのほうが間違っている」というので、私は鼻白んで、この問題をそれ以上発展させることを諦めてしまった。私としては、鏡花のよく描く年上の女、あるいは男を庇護するタイプの女を、広い意味で母的な女と考えていたのであるが、どうやら三島さんは、このタイプの女と母的な女とを峻別《しゅんべつ》したいらしかった。私にとって、母というのはあくまで一つの無色透明のシンボルだったのであるが、三島さんにとってはいくらかニュアンスが違っていて、もう少し生臭いものだったのではないかと思う。

しかし谷崎潤一郎にとっての母と比較しながら、いくつかのタイプに描き分けられた鏡花の女のなかに、いかに母のイメージが投影されているかを追求してみるのは、やはり依然として私には興味ぶかいことのように思われてならないのである。

三島さんとの対談中、期せずして両者の意見が完全に一致して、お互いに非常に愉快な気分になったのは、戯曲『山吹』が話題になった時だった。「僕は今まで『山吹』を読んでいるひとに会ったことがないんだ」と三島さんがいっているように、少なくとも鏡花の没後、この知られることの少なかった作品を、口をきわめて絶讃したのは私たちが最初だったのではないだろうか。対談の一部を引用してみよう。

三島　一度新派かどこかでやりたいと思っている芝居が一つあるんです。ふしぎな芝居で、ある奥さんが、亭主が嫌いになって逃げてゆくんです。（中略）そして田舎へ逃げてゆくと、たまたま彼女を追って、若い時の恋人が追っかけてくるんです。そうしたらその話は幸福に終りそうなもんですが、田舎に変な汚ない爺さんがいて……

澁澤　『山吹』ですね。あれはすばらしい。汚ない爺さんは人形遣いで、彼女に鞭で打たれるんですね。

三島　すごい作品でしょう。彼女はその爺さんに愛着をおぼえて、別の世界に連れていってくれそうな男はこれだと思う。過去の恋人は、ただの地上の恋愛にしか連れていってくれないけれどもね。

澁澤　そのひとは知的な興味しかなくて、つまり行動へ踏み出せない男ですね。最後にそういう台詞があります。

三島　それで女は爺さんのあとについて行っちゃうんです。今アングラなんかで、あれだけの芝居できませんよ。あの時代に書いたというのは、たいしたものです。

澁澤　あれなら簡単に上演できるでしょう。

三島　できると思います。鏡花は、あの当時の作家全般から比べると、絵空事を書いているようでいて、なにか人間の真相を知っていたひとだ、という気がしてしようがない。

この対談から十数年たった昭和五十五年、実際、『山吹』は東京の劇場で多くの観客をあつめて上演されたのだから、私たちの対談が、なんらかの意味で呼び水になったということも考えられなくはないであろう。今は亡き三島さんの新しいものに対する眼識を顕彰するためにも、私はこのことを信じておきたいような気がする。三島さんの発言がなければ、あるいは鏡花の『山吹』はいまだに埋もれていたかもしれないのだ。

もし鏡花作品のベスト・テンを選ぶとすれば、さしあたって私のぜひ入れたいと思うものには『草迷宮』と『春昼』および『春昼後刻』があるが、三島さんは、むしろ最晩年の『縷紅新草』のようなものに、鏡花の詩魂の最高の達成を見ていたようだ。「無意味な美しい透明な詩」という三島さんの発言があるが、蜻蛉の幽霊というシンボリックなイメージを全篇にただよわせて、文字通り蜻蛉の羽根のような、淡い、はかない、あえかな白昼夢を織り成した、この言語芸術の粋ともいうべき一篇に、私とても感動しないわけではないのである。

谷崎潤一郎も川端康成も決して連れていってくれない一種澄みきった天上界、そこへ連れていってくれるのが泉鏡花の文学だということを、三島さんはしきりに強調していたが、まったく私もその通りだと思う。いくら鏡花文学の構造を論じ、基層を論じ、文体を論じても、鏡花の幻想の翼に身みずから乗せられて、この天上界の至福に一挙に参入しえないひとは、不幸な読者というほかあるまい。

鏡花は十歳のころ、父とともに金沢近郊の摩耶夫人に詣でて以来、死んだ母の理想化された像となった、この摩耶夫人を生涯にわたって信仰するようになり、自宅の机上にも二十センチばかりの小さな像を安置していたというが、私がこのエピソードから、ゆくりなくも思い出すのは明恵上人のことだ。明恵もまた、よく知られているように、幼時に失った母を慕う気持がとりわけ強く、絹本著色の仏眼仏母像を母御前と呼んで念持仏としていたからである。

宗教家でもあり、遠い中世のひとでもある明恵を、明治の小説家と比較するのはいかにも突飛で、ばかげているように思われるかもしれないが、私は必ずしもそうは考えない。明恵は芸術家的資質のきわめて濃いひとで、しばしば覚醒中にさえ幻覚を見たり、森羅万象にアニミズム的な共感を寄せたりしたひとである。しかも、彼ら二人が最終的に理想としていたものは、いわば人間性のなかの無垢なるものだった。鏡花がこれを言語の構築によって実現したという点を別にすれば、二人の気質には、七百年の隔りをおいて呼び交わすものがあるような気がするのである。

むろん、以上は私の勝手な妄想のようなものだから、あまり真面目に受けとらないでいただきたい。私は明恵上人のファンであり、つい最近、没後七百五十年記念の高山寺展で、仏眼仏母像を見たばかりのところなので、これと鏡花の摩耶夫人とを強引に結びつけたくなってしまっただけのことなのである。他意はない。

〔1981（昭和56）年10月『明治の古典4　泉鏡花』初出〕

玉三郎讃

私が坂東玉三郎に初めて注目したのは昭和四十二年三月、国立劇場の郡司正勝補綴・演出による『桜姫東文章』の舞台においてであった。

歌舞伎に薀蓄《うんちく》のふかい三島由紀夫や堂本正樹が「あれはぜひ見ておくべきです」としきりにすすめるので、このとき初めて江の島稚児ヶ淵の場から本格的に上演された『東文章』を見て、悪の美しさに輝やく南北の世界に私は堪能したのである。持つべきものは友達で、いま思い返してもこれは貴重な経験だったと思っている。

このときは清玄が勘弥、桜姫が雀右衛門で、玉三郎は発端の稚児ヶ淵の場で、清玄と心中する白菊丸として登場しただけであった。それでも花道を小走りに出てきた少年玉三郎の、なよやかで、しゃっきりとして、気品のある若さに息をのんだのを私はありありとおぼえている。三島由紀夫は「うすばかげろうのような身体」といったが、さすがにうまいことをいうもので、たしかに、当時の玉三郎のひょろひょろした、足の長い、繊弱さと芯の強さとが奇妙に混淆したような容姿には、それまでの女形には絶えて見られなかった、異様な昆虫のような美しさがあったのである。

それから十数年たって、私は今年の三月ふたたび歌舞伎座の『桜姫東文章』公演を見た。このたびは玉三郎の父にあたる十四世守田勘弥の追憶狂言で、玉三郎としては四度目の桜姫である。いや、正確には白菊丸と桜姫との二役である。海老蔵の清玄、孝夫の権助とともに、すでに現代の歌舞伎を代表する舞台になったかの観がある、花形トリオによる当り狂言を私は大いに楽しんだ。あの最初のういういしい白菊丸のころを思うと、釣鐘権助との色模様を達者にこなす玉三郎もずいぶん成長したものだな、と思わないわけにはいかなかった。

前に私は「昆虫のような美しさ」という、いささか私たちに馴染みの薄い形容語を用いたが、誤解を避けるために一言しておくと、これはむろん私なりの讃辞なのであって、玉三郎の新しい感性を示さんがためのものだったのである。

亡びるとか亡びないとかいった議論のかまびすしい、古い伝統演劇の世界から出てきたにもかかわらず、玉三郎にはいわばインヴェーダーのようなところがあって、これまでの歌舞伎俳優とはかなり異質なところがある。それはいかにも八〇年代の新しい感性にふさわしいし、また泉鏡花や内田百閒の幻想的な世界がSFの延長線上にあるものとして、なんの支障もなく受け容れられるようになってきた土壌にふさわしいのである。

私の思うのに、始まったばかりの八〇年代という時代は、今後ますます、ジャンルの垣根が取りはらわれ、統一的人格が解体し、心理が鏡のように乱反射しようとする時代である。伝統も前衛も、リアリズムも様式も、悲劇も喜劇も、一本の縄のように綯い合わされて進行しようとする時代である。そういう時代にふさわしいキャラクターとして、玉三郎が脚光を浴びるのは当然でもあろうし、また、そういう時代に「時分の花」を咲かせなければならない玉三郎に、私たちは期待するところも大なのである。

いまのところ、玉三郎の身辺には、たとえば一時代前の六世歌右衛門に終始つきまとっていたような、悲劇めいたものはなにもない。おそらく、どんな悲劇も明るくなってしまうのが八〇年代であり、同時に玉三郎の個性なのだ。かかる特質を利用せざるべけんや、である。

今度のサンシャイン劇場リサイタルでは、相変らず実験意欲にみちた玉三郎は、藤間勘十郎振付の『其面影《そのおもかげ》二《に》人椀久《にんわんきゆう》』と、ベンジャミン・ブリテンのオペラ『カーリューーリヴァー』に挑戦するそうだ。

『二人椀久』では、とくに辻村ジュサブローの人形と共演するというのが私には面白い。なぜなら、演技者としての玉三郎自身の素質に、無機質の人形の美に近いところがあるような気がしてならないからであり、この人形風の玉三郎と本物の人形との連舞いが、虚実皮膜の間にあそぶのを見るのは、さぞや心をそそる眺めであろうと思われるからだ。お断わりしておくが、私がここで「無機質の人形の美」というのも、俳優としての玉三郎への讃辞より以外のなにものでもないのである。

ブリテンの『カーリューーリヴァー』は、来日した作者が狂女物の能『隅田川』を見て着想を得た、イギリス中世の宗教劇に近いオペラであるという。狂気と夢と幻想がテーマであるという点では、これも『二人椀久』と異ならないだろう。狂女に扮する玉三郎をのぞいては、共演者の全員がオペラ歌手であるというのも面白い。ジャンルはこうして玉三郎によって、楽々と乗り越えられてしまうのだ。『隅田川』に感動したブリテンの言葉を次に引用しておこう。

「そのすべてが私に恐ろしいほどの印象をあたえた。簡素で心にふれる物語。様式の簡潔さ。所作の緩慢さのなかに秘められている激しいもの。演技者の驚嘆すべき妙技と統制力。美しい衣裳。詠唱、語り、そして歌唱の融合。それが三つの楽器とともに、ふしぎな音楽を構成している。——それはまったく新しいオペラ的な体験であった。」

私たちもまた、坂東玉三郎リサイタルによって、「まったく新しいオペラ的な体験」を味わいたいものである。そもそもオペラとはイタリア語で作品のことだ。

〔1981(昭和56)年10月「坂東玉三郎リサイタル」初出〕

『サド侯爵の手紙』について

或る男が、ほんの些細な罪を犯したために、家族の要請により、アンシアン・レジームのもっとも忌わしい牢獄に閉じこめられて、そこから自分がいつ釈放されるのか、自分の背後でいかなる陰謀がめぐらされているのか、聾桟敷に置かれたように、まったく分らないという状態を味わわねばならなくなる。——これがヴァンセンヌの獄中でサド侯爵の最初に味わった苦悩であった。

世に書簡文学と称せられているものは多く、とりわけ十八世紀のフランスでは百花妍《ひやっかけん》を競っている有様であるが、サドの獄中書簡は、それらのものとはまるで趣きを異にしている。まず第一に、それは作者が発表を予定して書いたものではないということだ。いや、それどころか、百九十通におよぶそれらの手紙には、獄中の囚人の荒れ狂う心情が生のままで表白されていて、そのあまりの語調のはげしさに、しばしば牢獄の看守によって一部を削除されたり抹消されたりしているほどなのである。苦悩、怒り、絶望、嫉妬、猜疑、被害妄想。これがサドの獄中書簡の、とくにヴァンセンヌにおける初期のころの手紙の、主調をなしているといってもよいであろう。そして、その怒りはもっぱら、自分を苦しめる陰謀の張本人である義母のモントルイユ長官夫人に向けられる。囚人サドは口をきわめて罵倒するのだ。

手紙の多くはサド夫人に宛てられているが、これがおそらくサドの獄中書簡を、古今の文学にその類を見ない、ユニークな人間情念のドキュメントたらしめた第一の理由ではないかと私は思っている。夫人に対してならば、サドはどんな我ままな希望でも、どんな勝手な理窟でも、どんな理不尽な要求でも、どんな弱気な哀訴でも、あるいはまた、どんな猥褻な閨房の秘事でも、少しの遠慮もなく筆にすることができたのだった。或る意味で人間不信の極致のような小説を書いた男が、その妻とこれほど親密な絆でむすばれていたという事実には、私たちの興味を惹くに足るものがあろう。これは私たちがサドの小説だけを読んでいたのでは分らないことで、近年の獄中書簡の発見によって、初めて知りえたサドの人間性の一側面なのである。

獄中のサドが夫人に対して注文した品物には、シャツや靴下から蠟燭や犬まで、おびただしい種類のものが見出されるが、そのなかでも終始一貫、彼が求めてやまなかったのは書物と食糧品であった。実際、彼は独房でむさぼるように読み、むさぼるように食ったのである。そして運動のために散歩をしなければならないと信じていたので、庭の散歩を要塞司令官に何度となく要求し、それが容れられなければ、大声でわめき散らしたりすることもあった。食うことと、読むことと、散歩すること。のちには、これに書くことが加わって、サドの獄中の主要な快楽を形成することになる。オナニーについては言わずもがなであろう。

「傲慢で、気短で、怒りっぽく、何事につけ極端で、想像力の放埒、不品行ぶりにかけては肩を並べる者もない」とみずから宣言しているように、サドはあくまで大貴族らしく、獄中にあっても我ままいっぱいに振舞った。細かい注文をつけて、彼がメラングだのパイだのスポンジ・ケーキだのを夫人に要求している文章を読むと、その子供っぽさに私たちはつい失笑したくもなる。しかしサド自身も述べているように、牢獄はひとを子供にするのだ。お菓子も書物も同じなのである。ルソーの『告白』の差入れが禁じられたとき、サドはいかにも無念そうに、役人の石頭をあわれむ文章を夫人に書き送る。

「想像力の放埒」について述べれば、それはやがてサドが獄中で書いた小説作品、すなわち『美徳の不運』や『ソドム百二十日』の形で結晶することになるだろう。一方、彼の獄中書簡は、結晶というにはあまりにどろどろした、高温で溶融状態にある作品と見るべきだ。いや、むしろ作品以前のものだ。

サドの小説作品は、いずれも高度に抽象的で、極端に人間ばなれした、モンスターめいた主人公をそこに登場させている。彼らの口にする哲学も極端で、あたかも強迫観念のような道徳理論や形而上学説が開陳されるのである。いわばサドの思想のグロテスクに結晶したものが小説だと思ってよいだろう。これに反して、サドの書簡ははるかに人間的である。怒りや憤懣とともに、作者の弱点や泣きどころもさらけ出している。あの恐ろしい悪夢のような小説を書いた男が、こんなにまともな、こんなにセンティメンタルな人間だったのかと、私たちは意外な感に打たれるほどである。

むろん、獄中書簡のなかに、小説家サドを彷彿とさせるものがないわけではない。「何事につけ極端で」と手紙の一節にあるけれども、論理と感情の両面にわたって、あくまで自分の立場を正当化しようとして、相手が妻であれ義母であれ、綿々と訴えかけずにはいないサドの手紙の語り口は、その頑なさと徹底性において、やはり小説家サドのものという以外には考えられないであろう。論理に固執するサドの精神は、書簡集においても遺憾なく発揮されているのだ。

アンドレ・ブルトンはいわゆる「黒いユーモア」を強調するが、サドの手紙のなかに楽しげに語られた、彼自身のエロティシズムやフェティシズムの体験の跡を見つけ出すのも、私たちにとっては興味ぶかいことである。この点でも、サドの筆はじつに自由奔放をきわめていて、十八世紀という時代をはるかに抜きん出ているのが感じられる。

〔1981（昭和56）年1月「ちくま」初出〕

中井英夫『幻想博物館』解説

今日の日本の文学界で、中井英夫という特異な作家は、いわゆる純文学作家の範疇にもうまく入りきらず、そうかといって、いわゆるエンターテイナー作家の範疇にもすんなりと割りつけかねる、きわめて曖昧な立場に立たされているように私には見える。

純文学作家の範疇に入りきらないのは、ストーリー・テラーとして抜群のうま味を発揮する中井英夫の小説が、要するにおもしろすぎるからなのである。冗談半分にいえば、この日本で純文学作家たらんがためには、あくまで日常的な現実に立脚した、物語性のない、想像力や知性を閉め出した、おもしろくもおかしくもない小説を書かなければならぬ。ところで中井英夫は、そんな小説を書く気がてんからないので、したがって、よしんば意図としては純文学めいたシリアスな作品を書くことがあるにせよ、うまく在来の純文学作家の範疇には入りきらないという、いわば三段論法が自動的に成立してしまうらしいのだ。

それでは、どうしてエンターテイナー作家の範疇にすんなりと割りつけられないのか。これは簡単である。目下のところ、日本のエンターテインメント文学界には、一読目を覆わしむるばかりな、質のわるい日本語が大手をふってまかり通っている。そういう作品と中井英夫の作品とを、どうして一緒にすることができようか。できっこないのである。いわゆる中間小説雑誌に、中井英夫の登場する余地がほとんどないのも当然だろう。使い捨て読み捨てにされるには、中井英夫の文章は年季が入りすぎているし、磨きぬかれすぎている。――ここに、中井英夫が光栄ある鵺《ぬえ》的存在として、今日の日本の文学界に孤立している理由があると私は考える。鵺的存在？　そう、これは私の最高の讃辞だと思っていただきたい。

ドイツのホフマンを先駆として、十九世紀初頭のフランスで成立した小説のジャンルにコント・ファンタスティック（幻想譚とでも訳そうか）というのがあるけれども、名作『虚無への供物』のような長篇を別とすれば、中井英夫がもっとも執着している小説のジャンルは、この系統ではないかと私は思う。むろん、新しい時代の要請によって、そこにSF的な要素（主として時間テーマ）がまぎれこんでくるのは当然のことで、中井英夫はSFの方法をも取りこんだ、新しいコント・ファンタスティックを創っているというのが私の印象なのだ。リラダン、メリメ、ポー、これらが中井英夫の久しきにわたる敬愛の対象だった。「新思潮」に発表された初期の饒舌体の短篇には、明らかに石川淳の匂いがあった。現在にいたるまで私淑している久生十蘭については言わずもがなであろう。中井英夫のコント・ファンタスティックの文体を培った内外の作家たちには、こういうひとびとがいるということを知っておくべきだろう。

久生十蘭のニル・アドミラリの文体に対する親近は、ともすれば抒情と感傷と詩の方向に流されがちな中井英夫の若き日の散文を、引き緊める役割をはたしたにちがいないと思う。いわば解毒剤を服用して、彼の文体は中和され、より一層強靭になったのであろう。実際、中井英夫の語り口のうまさ、日常的な心理や風景を次第に幻想的な物語の時間空間に変質させてゆく描写のうまさは、もっと注目されていいと私は思う。と同時に、これは大事なことだが、意識するとしないとにかかわらず、彼が純文学におけるリアリティーの追求ときっぱり袂《たもと》を分つのも、ここからなのである。この間の事情を出口裕弘《ゆうこう》は「おそらくこのときの写実は正統近代小説の写実ではなく、物語的写実というものなのだろう」という言い方で表現した。

どうしてこういうことが起るのか。たぶん、現下の日本におけるもっとも粋でおしゃれな作家であると同時に、なにやら胡散くさい妖気をも強烈に発散している、中井英夫という文学現象の秘密がここにあるのである。さしあたって私としては、その文体にまで染みついたロマン主義者としての気質が、彼をして否も応もなく物語の方向に引っぱってゆくのだろう、としかいうことができない。

もう一つ、この秘密を解く有力な手がかりとして挙げておきたいのは、要するに中井英夫の文学が、本質的にナルシシズムとノスタルジアの文学であるということだ。彼が小説のなかに時間旅行のエピソードを挿入することをひどく好むのも、このことと大いに関係があるだろう。

時間旅行の目的とはなにか。過去から、あるいは未来から、現在の私たちのほうへ向って近づいてくる、私たちの分身と遭遇することにほかなるまい。オイディプースのように、自己の起源を探索するのがそもそも小説の発生だとすれば、すべての小説家の目は過去を向いているということにもなりかねないが、とくに中井英夫の場合に特徴的なのは、その過去から近づいてくる分身が、いつも現在の自分と二重写しになって、独特のノスタルジアを醸《かも》し出しているという点であろう。そして、これはおそらく小説というよりも、むしろ物語の空間でなくては実現しえない操作なのである。

さて、こんな一般論ばかり書いていては切りがないから、そろそろ『幻想博物館』に直接ふれることにする。

『幻想博物館』『悪夢の骨牌《かるた》』『人外境通信』そして『真珠母の匣』という、一九七〇年代の足かけ十年間を費して完成された『とらんぷ譚』四部作が、建石修志氏の美しい装本で刊行されたのはつい去年、すなわち一九八〇年のことだが、この四部作のなかで、少なくとも私がいちばん好ましく思っているのは、最初に書かれた『幻想博物館』なのである。「一話一話のはっきりまとまった短篇」と作者自身が対談のなかでいっているが、それもあるにはあるけれども、私にはむしろ話の筋立の単純なところが好ましい。短篇のなかに、あんまり技巧やトリックを詰めこみすぎてはいけないのである。この、ともすれば芸達者な作者のおちいりがちな欠点を、『幻想博物館』はおおむね免れているので、なかにふくまれるどの短篇も、すっきりした出来ばえを示しているのである。

十三篇の物語のなかで、もし私がベスト・スリー、いや、ベスト・ファイヴをえらぶとすれば、「大望ある乗客」「影の舞踏会」「地下街」「チッペンデールの寝台」「蘇るオルフェウス」ということになるだろう。すべて精緻をきわめた細工物のように、よく出来た技巧的な小品ばかりであり、中井英夫のトレードマークのついた、コント・ファンタスティックの妙味を満喫することができる逸品ばかりである。ブラッドベリーとかスタンリー・エリンとかいった、外国の異色作家の作風に似たようなところも感じさせられる。

こういう作品をいちいち解説するというのは、じつにばかばかしいことで、読めば分るものを、どうして解説するのかという気がしないでもない。解説というよりも、読後の印象を思いつくままに書いてみよう。

「大望ある乗客」は、最後のどんでん返しによって、読者を奇妙な精神状態に突き落すところの、作者の皮肉な目の光っている作である。大望ある乗客たちの犯罪を未然に防いだのだから、このワンマンバスの運転手の無意識の（あるいは意識的か？）自己犠牲は、もしかしたら神に賞讃されるべきことなのかもしれない。そんな気がしてくるほど、読者の頭は混乱させられるのである。そういえば、バスが転落する直前、運転手は「ハンドルの上に首を垂れて、まるでお祈りでもしているような恰好」を見せる。暗示的な、うまい描写だ。

「影の舞踏会」は、ひとりの女の逆行する記憶のなかに次々と浮かぶ、ほの明るい過去のシーンを照らし出す筆の運びが、ことのほかおもしろい。幻灯みたいに、細部が異様にはっきりしているのに、ふしぎに音のないノスタルジックな世界である。

「地下街」は、どことなく久生十蘭の名作「予言」を思わせるような雰囲気のもので、集中、ベスト・ワンといってもよいような秀作である。過不足なく、こんなによく出来た作品はめずらしい。文章も、しっとり沈んでいて申し分ない。そのためかどうか、私はこの作品について、なにも語りたくないのである。解説者のこういう贅沢も、許されるのではないかと思う。どうか読者はよく味わって、私と同じ感銘をえてほしい。

「チッペンデールの寝台」は、たとえば芥川龍之介の「地獄変」のような、一種の芸術家小説であるといえばいえるかもしれない。もちろん、そこには作者一流の工夫があって、最後の落ちが利いている。「ロココふうな友情について」という副題も、まことにしゃれている。主人公が部屋に敷きつめるビニールシートが、およそロココ的ではないのが、かえって対照的でおもしろいのだ。

「蘇るオルフェウス」は、第一信から第七信までの手紙によって、ある奇怪な事件を倒叙する。最後にいたって、手紙と事件という、いわば反対方向に流れていた二つの時間が、ついにぴったり重なり合ったかのような、奇妙な効果をもたらす。これもヴィルチュオージテといえるだろう。中井英夫はさまざまな形式をこころみずにはいられないのだ。

最後にもう一篇、ベスト・ファイヴにはふくめなかったが、「牧神の春」という作品について。これは以前、私が編集した幻想小説アンソロジー『変身のロマン』にも採録したことがある。集中、ちょっと毛色が変っていて、明るいメルヘンというに近い。なぜか私にはなつかしい感じがするので、とくにここに採りあげておく。中井英夫のイノサンス願望の見本として。

〔1981（昭和56）年3月『幻想博物館』解説〕

推薦文六篇

旅行家ミショー（『アンリ・ミショー全集』）

ミショーは私に、世界の果てに棲むさまざまな怪物や畸形人間に関する報告を書いた、あの中世の旅行家の再来を思わせる。事実、彼は現実界と想像界を股にかけた旅行家で、二つの世界の精密な報告を私たちに送ってくれる、ちょっと毛色の変った詩人なのだ。

〔1978（昭和53）年2月『アンリ・ミショー全集』（青土社）帯 初出〕

イノサンスの怪物（『オスカー・ワイルド全集』）

ワイルドは、きらきらした人工的なもので身を鎧《よろ》った、イノサンスの怪物だ。一直線で十八世紀のサドに通じるものがある。十九世紀末の或る晴れた日に、ワイルドが大笑いしながら乾《けん》坤一擲《けんいってき》の嘘をつく。ここから二十世紀のエクリチュールがはじまる。その筋道が自然に読みとれなければ、今日、私たちがワイルドに親しむ意味はないだろう。

〔1980（昭和55）年11月『オスカー・ワイルド全集』（青土社）帯 初出〕

神の沈黙（『メルヴィル全集』）

ニーチェが神の死を宣告する前から、すでに久しきにわたって、神が人間に語りかけることをやめてしまっている状態、すなわち神の沈黙が、この世の常態だということに気のついている作家たちがいた。たとえば十八世紀のサドがそうである。ドストエフスキーもそうだ。ニーチェ以後になるが、二十世紀のカフカも同じ精神家族に属するだろう。そしてもちろん、わがハーマン・メルヴィルもまた、これらの作家たちのなかに加わるべき資格を有する。

神の沈黙と、人間の生きる意志とが拮抗するためだろうか、彼らの小説は、いずれも終わりのない堂々めぐりに似ていて、その執念ぶかい具象的な描写の積み重ねが、いつしか形而上学に転換するという特質を備えている。とくにメルヴィルの場合は、壮大な海洋の中心に、謎の白鯨が遊泳しているという象徴的なイメージによって、その宇宙の不条理は際立たせられる。しかし『白鯨』一作のみでは、メルヴィルの端倪すべからざる宇宙は、まだまだ窮めつくされたとは言いがたいだろう。この全集によって、未聞の宇宙がひらけてくるのを私は楽しみにしている。

〔1981（昭和56）年6月『メルヴィル全集』（図書刊行会）内容見本 初出〕

大正文化の夕映え（『日本児童文庫』）

いわゆる大正リベラリズムの名で呼ばれる大正時代は、童話や童謡の空前の流行を見た時代である。それが一段落して、昭和の時代にはいるとともに、やがて講談社ジャーナリズムに支配された児童文学の大衆化の波が滔々と押し寄せてくる。昭和とともに発足したアルスの「日本児童文庫」は、いわばこの谷間に咲いた、大正時代の童話・童謡の黄金時代の最後の花、最後の総決算であろう。なつかしい大正文化の夕映えのようなものだと思えばよいかもしれない。

文化住宅とか西洋館とかいったイメージとともに、私は恩地孝四郎装幀の、あの赤い表紙の児童文庫の全七十六巻を思い出す。ハイカラという言葉がまだ生きていた時代で、戦争は遠い先のことだった。大人は浮かれてカフェーやダンスホールに通っていたし、子供は花模様のカーテンのかげで、そっと児童文庫のページをめくっていた。私が少年時代を送ったのは、このころから昭和十年代にかけてであるが、まだ多くの家庭に児童文庫は揃っていて、新興の講談社文化とはもっとも対蹠的な、ハイカラな大正文化の名残りの匂いをひっそりと発散させていた。ちなみにいえば、私自身は『アラビヤ夜話』や『印度童話集』をもっとも好んで繙読《はんどく》した。

それにしても、このアルスの児童文庫に参加した執筆者や画家は錚々たるもので、優に一偉観と称するに足りるだろう。巨人が目白押しにならんでいるという感じで、もはや現今では、こんな豪華版はとうてい望むべくもあるまい。思えば、時代も人間も小さくなったものである。この豪華版をふたたび我がものにして、もって私たちの範例にしないという手はあるまい。

〔1981（昭和56）年6月『日本児童文庫』内容見本 初出〕

ボナ個展 SPIRA MIRABILIS DE BONA

ボナの絵のなかに、羊の角のような、三半規管のような、くるくると巻いたカタツムリが現われるようになったのは、いつごろからだろうか。それほど昔のことではあるまい。ともあれ、ひとたび出現したカタツムリは、もうそれ以後、彼女の絵の世界から容易には出て行きそうもない気配であり、くるくると巻いたカタツムリの螺旋は、どうやら彼女の世界の紋章となったかのような趣きがある。このカタツムリ、このスピラ・ミラビリス（驚くべき螺旋）を私は愛する。

もっと巻け、もっと巻け！　そして世界中にスピラ・ミラビリスの極印を刻みつけろ！　彼女の絵をじっと見ていると、そんな叫びをあげたいような気が私にはしてくるほどである。

もともとボナの世界には、ふしぎな博物誌の世界を思わせるようなところがあったのだ。貝殻の破片や、動物の骨や、畸形の植物や、蛇や蛙や、昆虫のお化けのような生きものが、この博物誌にはいつも形を変えて登場していたのである。そして人間に似た生きものには、翼はなくても、どこか天使のような精神性と動物性とを併せ持った、愛すべくユーモラスな性格が見てとれたということをも、忘れずに指摘しておきたいのである。

詮じつめれば、ボナの世界は一種の愛の世界ではないかと私は思っている。そこには物と物との、人と人との、そして物と人との親和力がつねに渦巻いている。そこでは最も残酷な闘争すら、愛の様態の一つとなってしまうほどだ。そしてこれも、私にはスピラ・ミラビリスのふしぎな効果ではあるまいか、という気がしてならないのである。すぐれて女性的な特質というべきであろう。

〔1979（昭和54）年10月「ボナ個展」（青木画廊）初出〕

四谷シモン個展　メカニズムと少年あるいは男根的自己愛

ホフマンのオリンピアも、リラダンのアダリーも、機械仕掛で動く人工美女だった。しかしメカニズムは、そもそも美女よりは少年にこそふさわしいのではあるまいか。ここに四谷シモンの独創があって、彼はメカニズムを少年に結びつけたのである。そして男根的自己愛をストレートに表現したのである。

諸君、ちょっと考えてみたまえ。蜻蛉の羽根をむしるのは少年である。天体望遠鏡をのぞくのは少年である。さくさくと雪を踏んで歩くのは少年である。オナニーとポエジーとが一致するのは少年においてのみであろう。UFOは少年にしか見えないであろう。時分の花は少年のものである。編上靴は少年にしか似合わないであろう。サン・ジュストもランボーもガロワも少年であった。団地の屋上から飛びおりて自殺するのも少年である。彼はおそらく天使になりそこねたのだ。なべてこの世の秘密は、少年のために残されているといっても過言ではないであろう。

シモンが自動人形製作の構想を立てはじめたのは、もうずいぶん前のことになる。幾度かの試行錯誤を経て、メカニズムに強い良き協力者を得るとともに、ようやくここに発表の段階に立ちいたったことは、私のもっとも喜びとするところである。

さあ、われわれは心置きなく、メカニズムに立脚した少年讃歌を歌おうではないか。

〔1980(昭和55)年12月「四谷シモン個展」(青木画廊)初出〕

あとがき

「アラディンのランプ」というのは、後年の作者が気に入らなくて絶版にしてしまった、ジャン・コクトーの処女詩集の題名である。いかにもしゃれた題名であり、捨てておくにはあまりにも勿体ないような気がするので、私はこれを「魔法のランプ」というふうに少し変えて、今度の私のエッセー集の題名として採用することにした。だから、この題名はコクトーからのいただきだと思ってくださって差支えない。

どういうものか、私は少年時代から、ちょっと手で擦ると、たちまち魁偉《かいい》な鬼神があらわれて、自分の望むことの一切を実現してくれるという、この千一夜物語のなかの魔法のランプが大好きであった。いや、そもそも私は、そのなかに火を封じこめて、ともすれば中心軸とともに廻り出しそうな幻覚をあたえる、美しい廻転対称形をなしたランプという小道具が大好きなので、数年前には「ランプの廻転」というエッセー(『思考の紋章学』所収)を書いたこともあるほどだ。このランプの廻転のテーマは、本書にふくまれる「デュシャンあるいは悪循環」というエッセーのテーマとも通じ合うであろう。

十年前に『ヨーロッパの乳房』という本を出して以来、立風書房からエッセー集を出すのはこれで二度目である。思えば、宮越寿夫さんともずいぶん長いつき合いになったものだ。宮越さんとともに本書を担当してくれた延平八穂さんにも感謝しよう。

昭和五十七年四月

澁澤龍彥

P+D BOOKS ラインアップ

白い手袋の秘密　瀬戸内晴美　●「女子大生・曲愛玲」を含むデビュー作品集

耳学問・尋三の春　木山捷平　●ユーモアと詩情に満ちた佳品13篇を収録

青春放浪　檀一雄　●小説家になる前の青春自伝放浪記

風祭　八木義徳　●肉親との愛憎の葛藤の歳月を紡ぐ連作集

女のいる自画像　川崎長太郎　●私小説作家が語る様々な女たちとの交情

伊豆の街道　川崎長太郎　●五十歳のやもめ作家と人妻との恋情を描く

P+D BOOKS ラインアップ

草を褥に 小説 牧野富太郎
大原富枝
● 植物学者牧野富太郎と妻寿衛子の足跡を描く

小説 新子
時実新子
● 情念川柳の作り手・時実新子の半生記

青玉獅子香炉
陳舜臣
● 自作の玉器を探し求める工芸師の執念を描く

貝がらと海の音
庄野潤三
● 金婚式間近の老夫婦の穏やかな日々を描く

せきれい
庄野潤三
● 〝夫婦の晩年シリーズ〟第三弾作品

庭のつるばら
庄野潤三
● 当たり前にある日常の情景を丁寧に描く

P+D BOOKS ラインアップ

P+D BOOKS ラインアップ

魔法のランプ　澁澤龍彥
● 澁澤龍彥が晩年に綴ったエッセイ29編を収録

悪魔のいる文学史　澁澤龍彥
● 澁澤龍彥が埋もれた異才を発掘する文学史

ベトナム報道　日野啓三
● 一人の特派員は戦地で〝何〟を見たのか

夜風の縺れ　色川武大
● 単行本未収録の39編と未発表の「日記」収録

火まつり　中上健次
● 猟奇一家殺人事件を起こした男の壮絶な物語

天の歌　小説 都はるみ　中上健次
● 現代の歌姫に捧げられた半生記的実名小説

（お断り）

本書は1988年に白水社より発刊された新編ビブリオテカ澁澤龍彦『魔法のランプ』を底本としております。

あきらかに間違いと思われるものについては訂正いたしましたが、基本的には底本にしたがっております。

本文中には月足らずの子、畸形、私生児、文盲、シャム双生児、未亡人、乞食、百姓女、小人、小間使、シナ人、盲点、農夫、情婦、娼婦、床屋、やぶにらみ、トルコ風呂、蒙古、花柳病、女中、女史、家政婦、気違いじみた、女流、ホモ、レズ、性的倒錯、ハーフ、混血児、潜水夫、啞然、沖仲仕、聾桟敷などの言葉や人種・身分・職業・身体等に関する表現で、現在からみれば、不当、不適切と思われる箇所がありますが、著者に差別的意図のないこと、時代背景と作品価値とを鑑み、著者が故人でもあるため、原文のままにしております。

差別や侮蔑の助長、温存を意図するものでないことをご理解ください。

澁澤 龍彦（しぶさわ たつひこ）
1928年（昭和３年）５月８日―1987年（昭和62年）８月５日、享年59。本名、龍雄（たつお）。東京都出身。1981年『唐草物語』で第９回泉鏡花文学賞受賞。代表作に『高丘親王航海記』など。

P+D BOOKS とは

P+D BOOKS（ピー プラス ディー ブックス）とは
P+Dとはペーパーバックとデジタルの略称です。
後世に受け継がれるべき名作でありながら、現在入手困難となっている作品を、
B6判ペーパーバック書籍と電子書籍を、同時かつ同価格で発売・発信する、
小学館のまったく新しいスタイルのブックレーベルです。

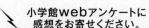

魔法のランプ

2023年6月13日　初版第1刷発行
2023年9月27日　第2刷発行

著者　澁澤龍彥
発行人　石川和男
発行所　株式会社　小学館
〒101-8001
東京都千代田区一ツ橋2-3-1
電話　編集　03-3230-9355
　　　販売　03-5281-3555
印刷所　大日本印刷株式会社
製本所　大日本印刷株式会社
装丁　おおうちおさむ　山田彩純
（ナノナノグラフィックス）

ISBN978-4-09-352465-0

P+D BOOKS